www.ingramcontent.com/pod-product-compliance
Lightning Source LLC
LaVergne TN
LVHW010842051026
849532LV00007B/2788
* 9 7 8 9 3 5 8 7 2 5 2 1 6 *

مہاندی

(افسانے)

مشرف عالم ذوقی

Mahanadi *(Short Stories)*
by: Musharraf Alam Zauqi
Edition: November '2025
Publisher :
Taemeer Publications LLC (Michigan, USA / Hyderabad, India)

ISBN 978-93-5872-521-6

کتاب	:	**مہاندی** (افسانے)
مصنف	:	**مشرف عالم ذوقی**
صنف	:	فکشن
ناشر	:	تعمیر پبلی کیشنز (حیدرآباد، انڈیا)
سالِ اشاعت	:	۲۰۲۵ء
صفحات	:	۹۲
سرورق ڈیزائن	:	تعمیر ویب ڈیزائن

فہرست

ہم خوشبو خریدیں گے

اسکول مہینوں بند رہا۔ شہر میں ہنگامے چلتے رہے۔ توڑ پھوڑ کی کارروائیاں ہوتی رہیں۔ مستقل کرفیو لگا رہا۔ بچے اپنے گھروں میں بند رہے۔ کون باہر نکلتا؟ تھوڑی دیر کے لئے کرفیو ہٹتا تو لوگ راشن کی دکانوں پر جوق درجوق ٹوٹ پڑتے۔ اس درمیان شہر کے کئی علاقوں سے دنگوں کی خبریں آجاتیں۔ لوگ جلدی جلدی سامان لے کر گھر کی طرف بھاگ کھڑے ہوتے۔ کرفیو کی مدت ایک بار پھر بڑھ جاتی۔

مرفی نے سوچا "اب پڑھائی کا تو ستیاناس ہو ہی گیا۔ کتنے دن ہوگئے اسکول بند ہوئے۔ اب اسکول شاید کبھی نہیں کھلے گا۔"

سونا بھی یہی سوچتی تھی: "پہلے ممی ڈیڈی نہ پڑھنے پر کتنا بگڑتے تھے۔ شام ہوئی نہیں کہ بس پڑھنے بیٹھ جاؤ۔ اب کتنے دن ہوگئے کوئی پڑھنے کے لئے نہیں کہتا۔ ممی ڈیڈی کتنے گھبرائے گھبرائے رہتے ہیں۔ ہر وقت دروازہ بند۔ تھوڑی دیر کے لئے کرفیو ہٹتا ہے تو ڈیڈی دوڑے دوڑے سامان لانے جاتے ہیں۔ اس درمیان ممی کتنی پریشان رہتی تھیں۔"

"یہ کرفیو بہت بدمعاش آدمی ہے۔" سونا نے سوچا۔

دو چار روز سے کرفیو میں کچھ فرق آگیا تھا۔ اب صرف رات کو کرفیو لگتا تھا۔ مگر اسکول ابھی تک بند تھے۔ ڈیڈی کہتے تھے "اسکول اب کھل جائے گا۔ تم لوگ کتابیں نکال لو۔ پرانے سبق

یاد کر لو نا؟

"پرانے سبق؟" عرفی نے سوچا: مگر حشمت کیسے یاد کرے گا؟ اسے کون کہے گا یاد کرنے کے لئے۔ ڈیڈی بتا رہے تھے کہ حشمت کے پاپا مار دیئے گئے ہیں!

"مماسک تو بہت بنانے ہیں، مونا سوچ رہی تھی۔ "مگر ڈیڈی بتا رہے تھے کہ نکہت کا گھر جلا دیا گیا۔ دکان بھی پھونک دی گئی۔ اب وہ لوگ کہاں گئے کیا؟ وہ تو پڑوسیوں نے پورے گھر کو بچا لیا، ورنہ سب مار دیئے گئے ہوتے!

پھر عرفی نے کتابیں کھول لیں۔ مگر پڑھنے میں اس کا دل نہیں لگا۔ گھبرائے گھبرائے ہوئے ڈیڈی کا خوف زدہ چہرہ اس کی نگاہوں میں بس گیا تھا۔ "وہ تو کہو خدا تھے ہماری مدد کی۔ پچھلے وقت کی کوئی نیکی کام کر گئی، ورنہ ہم کبھی محفوظ نہیں رہتے۔"

ایسا کیوں ہوا؟ گولیوں کے چلنے کی آوازیں دونوں بچوں کے ذہن میں ابھی تک بسی ہوئی تھیں۔ پھر کھڑکی سے ان دونوں نے آسمان میں دور تک پھیلے ہوئے دھوئیں کی لکیریں بھی کتنی ہی بار روتی آنکھوں سے دیکھی تھیں۔ ممی تو زار و قطار رو رہی تھیں۔ دیوالی بھی نہیں تھی، شب برات کے پٹاخے بھی نہیں تھے، مگر رہ رہ کر دھماکوں کی آواز دل کو دہلائے دے رہی تھی۔ دونوں نے سوچا: 'پاپا ٹھیک کہتے ہیں۔ پٹاخے بری چیز ہیں۔ پٹاخوں سے آگ لگ جاتی ہے۔ اب ہم پٹاخے خریدنے کے لئے کبھی ضد نہیں کریں گے، مونا نے معصومیت سے، ممی سے کہا، "ممی ہم، کان پکڑتے ہیں۔ پٹاخہ سچ مچ بری چیز ہے۔ اب ہم کبھی نہیں چھوڑیں گے۔" ممی روئے جا رہی تھیں، پاپا انھیں سمجھا رہے تھے، "یہ کیا نادانی ہے! پاگل ہو گئی ہو! ایسے موقع پر اللہ کا نام لیتے ہیں۔ کچھ نہیں ہوگا۔ اللہ کے فضل سے کچھ نہیں ہوگا۔"

عرفی کو یاد ہے، گولیاں مستقل چھوٹتی رہی تھیں۔ کافی دیر تک۔

"چھی!" مونا نے کہا "امی لئے ہم فلمیں نہیں دیکھتے گندے لوگ! گھر جلاتے ہیں آدمیوں کو مار دیتے ہیں راکشش ہو گئے ہیں۔"

"اور کیا... راکشش ہی تو ہیں۔ پاپا کہتے ہیں، یہ لوگ انسان نہیں۔ صرف شکلیں انسان جیسی ہوتی ہیں۔ یہ لوگ... پورے راکشش ہوتے ہیں۔"

"پتہ نہیں گھر جانے میں انہیں کیا ملتا ہے۔"

"یہ دنگے ہوتے کیوں ہیں؟"

معصوم ذہن پیچیدہ سوالوں میں اُلجھ جاتے۔ جواب کی تلاش میں دُور دُور تک کا سفر طے کرتے۔ پھر تھک کر لوٹ آتے۔ پتہ نہیں کیوں۔ پاپا کہتے ہیں، خوشبو کی ضرورت ہے ان تک پھیلانے کے لئے، ان کے اندر کا غبار نکالنے کے لئے۔

عرفی کو فخر ہوا کہ اُس کے پاپا شاعر ہیں۔ کتنی اچھی اچھی باتیں کرتے ہیں۔

رات کو پڑوس کے ہاشم انکل آئے، صرف یہ خبر سُنانے کے لئے کہ کل سے اسکول کھُل جائے گا۔

"کیا آپ اپنے بچّوں کو بھیجیں گے؟" انھوں نے پوچھا۔

عرفی نے پاپا کی طرف دیکھا۔ پاپا سوچ میں پڑ گئے۔ چند لمحوں کے بعد بولے۔ "اب فضا کیسی ہے؟"

"اچھی ہے بھائی! اسی لئے تو اسکول کھُل رہا ہے۔ آپ بھیجیں گے؟"

"عرفی تم جاؤ گے؟" پاپا نے اطمینان سے پوچھا۔

"ہاں ہاں، کیوں نہیں۔"

مونا بھی آگئی تھی۔ "ہاں پاپا۔ کتنے دن ہوگئے اسکول گئے ہوئے۔ دوستوں سے ملنے کی بڑی خواہش ہوتی ہے۔"

"ٹھیک ہے۔" ہاشم انکل بولے۔ "میں انشا کے لئے ڈر رہا تھا۔ عرفی اور مونا جائیں گے تو انشا کو بھی ساتھ بھیج دیں گے۔"

دوسرے دن انشا وقت پر تیار ہو کر آگئی۔ عرفی نے آہستے مونا کے کان میں کچھ کہا۔ مونا نے انشا سے کچھ کہا۔ پھر تینوں چپ ہوگئے۔

عرفی بولا۔ "مونا، آخر تم تھرڈ کلاس میں آگئی ہو۔ جو کام ہم کر سکتے ہیں وہ تو ہمیں کرنا ہی چاہئے۔"

انشا کلاس ٹو میں تھی۔ بولی۔ "ہم سب لڑکیوں کو ملا لیں گے۔"

مونا نے کافی دیر تک سوچنے کے بعد کہا "تم ٹھیک کہتے ہو۔ بیس مارچ سے سچ مچ فائدہ ہوگا۔ ابھی سینیل وِرت بھی تو پدیاترا پر نکلے تھے۔"

انشا جلدی سے بولی "ان کی لڑکی پریا بھی تو ساتھ تھی۔ سچ بڑا مزہ آئے گا۔"

اسکول کافی دن کے بعد کھلا تھا۔ کافی بچے آئے تھے۔ مگر عرفی نے محسوس کیا کہ بچوں کے چہرے پر ڈر کے آثار ہیں جو ٹیچر آئے تھے وہ بھی کچھ غم زدہ لگ رہے تھے۔

"سنجو سر مار دیئے گئے۔" ایک لڑکے نے بتایا "انھیں مسلمانوں نے مار دیا۔"

"حشمت کے والد کو۔ ۔ ۔" ایک لڑکا کہتے کہتے رُک گیا۔ پھر بولا "بے چارہ حشمت اب کبھی اسکول نہیں آئے گا۔"

"دیپ راشدہ بی موتی کہاں ہے؟" عرفی نے یاد کیا۔ اگلے ہی لمحے اس کی آنکھیں بھر آئیں۔ اسے معلوم ہوا کہ وہ جس محلے میں تھی، اُس محلّے میں کوئی بھی زندہ نہیں بچا۔ بی موتی کا پورا گھر جلا دیا گیا اور پورے گھر والوں کو۔ ۔ ۔"

بچے دائرہ بنائے بیٹھ گئے تھے۔ ٹیچر بھی کہتے تھے کہ آج کلاس نہیں ہوگا۔ صرف حاضری لی جائے گی۔

بچوں کی آنکھوں میں آنسو تھے۔ وہ اپنے پرانے دوستوں کو یاد کر رہے تھے۔

"سنجو سر کی یاد میں شوک سبھا ہوگی۔ پھر اسکول بند کر دیا جائے گا۔" کچھ دیر بعد ورما سر نے مغموم آواز میں خبر دی۔

بچوں کے چہروں پر اداس خاموشی سلگ رہی تھی۔ عرفی نے آہستہ سے پروگرام کے مطابق ایک بچے سے سرگوشی کی۔ بچے اب ایک دوسرے سے دھیمی دھیمی آواز میں کچھ باتیں کر رہے تھے۔

"بیس مارچ ۔ ۔"

"یعنی پدیاترا ۔ ۔ ۔"

"شانتی کے لئے پدیاترا ۔ ۔ ۔"

"سب کے ہاتھوں میں ایک ایک بورڈ ہوگا۔" عرفی کہہ رہا تھا "ہم ورما سر سے بات کریں گے۔ پھر خوشبو کا پیغام دے بس گے۔" عرفی کو کچھ یاد آگیا۔ "یہ چار لائنیں ہم نے کل پاپا کی

ڈائری سے اتاری ہیں سنو بچو، سنو!"

اس نے گلا صاف کیا اور ہاتھوں کو لہرا کر پڑھنا شروع کیا:

کاش کہ بہت سارے پھول ہوتے

اتنے

کہ ان کی خوشبو میں پوری دنیا میں پھیلا دیتا

مگر فضا میں تو راکٹ لانچر اور توپوں گولوں کی بُو بسی ہے

کاش کہ بہت سارے پھول ہوتے

جو ان توپوں اور ٹینکوں سے گزر کر

دہشت اور وحشت کی سرزمین کو خوشبو سے شرابور کر دیتے

"واہ وا!" نہال نے تالی بجائی "کتنی اچھی بات ہے!"

"چاروں طرف جنگ کی باتیں ہیں۔ توپوں کی باتیں ہیں۔ مگر یہ راکٹ لانچر"

"یہ بھی ہتھیار ہے؟" ایک لڑکا اپنی جنرل نالج پر مسکرایا "پاپا اُس دن بوفورس کے بارے میں۔۔۔"

"شی!" عرفی نے ہونٹ پر انگلی رکھی "ان باتوں کو سرِ عام نہیں کہنا چاہئے۔ پاپا کہتے ہیں، ایسی باتیں کہنے پر پولیس جیل میں بند کر دیتی ہے۔"

"مگر ہم کریں گے کیا؟" ایک بچے کی سمجھ میں کچھ بھی نہیں آ رہا تھا۔

"ہم پھول توڑیں گے" عرفی نے سنجیدگی سے بتایا "اس کی اجازت ہم پرنسپل صاحب سے لیں گے اور اس کے لئے ورما سر سے بات کریں گے۔"

"پھر جب بہت سے پھول ہو جائیں گے تو۔۔۔"

مونا کی آنکھیں خوشی سے چمک رہی تھیں۔

ورما سر نے پیارے پیارے بچوں کی باتیں سنیں اور مسکرا دیئے "ٹھیک ہے بچو! خوشبو اچھی چیز ہے۔ مجھے خوشی ہے کہ آج کے دور میں جہاں چاروں طرف دہشت گردی کا دور دورہ ہے، تم بچے خوشبو پھیلانے کے بارے میں سوچ رہے ہو۔ ہم تمہیں پرمیشن

دلادیں گے، مگر وعدہ کرو واپسی میں ہمیں رپورٹ دوگے ۔"

ورما سر کچھ سوچنے لگے۔ اس وقت وہ کافی سنجیدہ لگ رہے تھے۔ بہت دیر تک وہ کسی خیال میں کھوئے رہے پھر پرنسپل صاحب کے کمرے کی طرف چل دیئے۔

بچے باہر انتظار کر رہے تھے۔ اندر ورما سر کی پرنسپل صاحب سے بات چیت چل رہی تھی۔ بچوں نے جھانک کر دیکھا، پرنسپل صاحب بار بار 'نہیں' میں گردن ہلا رہے تھے۔ پھر بڑی مشکل سے انھوں نے 'ہاں' کر دی۔ ورما سر مسکرا رہے تھے۔ پرنسپل صاحب بھی مسکرائے۔ پھر دونوں کھڑے ہوگئے۔ بچے ایک قطار میں کھڑے تھے۔

ورما سر خوش تھے۔ وہ پرنسپل صاحب کو سمجھانے میں کامیاب رہے۔ پرنسپل صاحب شروع میں تو ان کی بات سنتے ہی بھڑک گئے تھے۔ مگر ورما سر نے انھیں سمجھاتے ہوئے بتایا تھا کہ پوری دنیا میں بچے آگے بڑھ رہے ہیں۔ اب وہ اخبار نکالنے لگے ہیں۔ رسائل کے مدیر بھی بننے لگے ہیں۔ مگر ہمارے یہاں انھیں دودھ پیتا بچہ سمجھ کر انھیں کچھ کرنے کی آزادی نہیں دی جاتی۔ یہی غلط ہے۔ آج پریکٹیکل ہونے کا زمانہ ہے۔ بچے اپنے طور پر سوچ رہے ہیں تو انھیں جانے دیجئے۔ ان کی معصوم مہم بہتوں کی آنکھیں کھول سکیں گی۔

"مگر زمانہ ..." پرنسپل صاحب نے ہچکچاتے ہوئے کہا تھا۔

"زمانے کا کیا ہے۔ یہ رسک میں لیتا ہوں۔"

پرنسپل صاحب نے پھر پوچھا تھا "مگر اتنے سارے پھول ..."

"ان کی جھالریں بنادی جائیں گی۔ بچوں پر شہر میں ہونے والے ہنگاموں کا بہت اثر ہے۔ شاید ان کی کامیابی انھیں ان حادثوں سے دور لے جاسکیں۔"

"ٹھیک ہے۔" اب پرنسپل صاحب راضی ہوگئے تھے۔ پھر وہ باہر نکل کر بچوں سے کہنے لگے۔ "ہوشیار رہنا بچو —— کنارے کنارے رہنا۔ تم پھول توڑوگے، لیکن کسی نے منع کیا تو ..."

عرفی آگے بڑھ کر بولا "ہم انھیں بتائیں گے کہ پھولوں کی آپ سے زیادہ ملک —— کو ضرورت ہے۔ ہم پوری دنیا میں خوشبو پھیلانا چاہتے ہیں۔"

"شاباش لڑکے!" پرنسپل صاحب کی آنکھیں نم تھیں "سنجو سر کو تم لوگوں کی یہ شردھانجلی کافی ہے۔ بس آج کے لئے یہ اسکول بند ہو رہا ہے۔ کل سے۔ ۔ ۔"

بچے سنجو سر کی یاد میں دو منٹ کے لئے چپ کھڑے رہے۔ پھر اسکول بند ہو گیا۔ اس کے ساتھ ہی سب بچے پیس مارچ کی تیاری میں مشغول ہو گئے۔ کوئی کاپی پھاڑ رہا تھا۔ کوئی لکڑی چھیل رہا تھا۔ گھنٹہ یا ڈیڑھ گھنٹے بعد بورڈ تیار تھے اور پوری تیاری مکمل تھی۔

"ہمارا پہلا پڑاؤ کہاں ہوگا؟" نہال نے جوش سے پوچھا۔

اسکول کے پاس ہی ڈاکٹر ہریش مہتہ کا گھر تھا۔ بچوں نے فیصلہ کیا کہ پہلے وہیں چلا جائے۔ اُن کے گھر میں پھول کے بہت سے پودے تھے۔ بچے اکثر چھٹی کے اوقات میں وہاں پھول توڑنے جاتے، مگر بڑی بے رحمی سے بھگا دیئے جاتے۔ بچوں نے سوچا "یہ پیس کا معاملہ ہے۔ مہتہ انکل آج منع نہیں کریں گے۔"

بچوں کے ہاتھوں میں بورڈ چمک رہے تھے "ہمیں امن چاہیئے! شانتی چاہیئے!" نعرے لگاتے ہوئے یہ قافلہ ڈاکٹر انکل کے گھر کی طرف بڑھ رہا تھا۔

ڈاکٹر انکل کا گھر آ گیا۔ مگر دروازہ بند تھا۔ آنگن میں کتنے ہی پھول کھلکھلا رہے تھے۔

"ڈاکٹر انکل!"

پہلے ایک آواز گونجی۔ پھر ایک ساتھ کتنی ہی آوازیں فضا میں تیر گئیں۔ کچھ دیر بعد کھڑکی کھلی۔ اس میں سے ایک چہرہ نظر آیا۔ اس چہرے پر حیرت کے آثار تھے۔ ڈاکٹر انکل سیڑھیاں طے کرتے ہوئے بچوں کے سامنے تھے اور حیرت سے امن اور شانتی کے بورڈ پڑھ رہے تھے۔

"یہ سب کیا ہے؟" وہ حیران ہو کر بولے۔

"چاروں طرف جنگ ہو رہی ہے نا انکل۔ ہم امن کے لئے نکلے ہیں۔ ہمیں پھول چاہئیں۔ بہت سے پھول۔ اِن پھولوں سے ہم پوری دُنیا میں خوشبو پھیلائیں گے۔"

"وہ تو ٹھیک ہے۔" ڈاکٹر انکل مسکرائے۔ "لیکن بچو! پھول تو شاخوں پر اچھے لگتے ہیں۔ انھیں توڑنا بُری بات ہے۔ پھول توڑنے کا ارادہ چھوڑ دو۔ باقی سب ٹھیک ہے۔

پیس مارچ کے نام پر اگر کچھ فنڈ کی ضرورت ہو تو . . . ؟

" نہیں ــــــــ " عرفی تیز آواز میں بولا " چلو، یہ ہمیں پھول نہیں دیں گے "

" ہاں چلو چلو " سارے بچے ایک ساتھ بولے۔

پھر وہ ورماسر کا مکان چھوڑ کر آگے بڑھ گئے۔

تین گھنٹے گذر گئے تھے۔ ورماسر بچوں کی واپسی کا انتظار کر رہے تھے۔ پرنسپل صاحب بھی پریشان تھے۔ بچوں کو اب تک آجانا چاہیئے تھا بچے کیوں نہیں آئے؟ بار بار چپراسی کو باہر بھیج کر وہ دیکھنے کے لئے کہہ رہے تھے اور چپراسی ہر بار یہی جواب دیتا کہ بچے کہیں نہیں دکھائی دے رہے ہیں۔

" بچے آرہے ہیں ا " اس نے جوش بھرے لہجے میں کہا۔

ورماسر اور پرنسپل صاحب دونوں خوشی سے باہر نکلے۔ بچے گیٹ میں داخل ہو چکے تھے، مگر سب کے چہرے لٹکے ہوئے تھے کسی کے ہاتھ میں کوئی پھول نہیں تھا۔

" پھول کہاں ہیں ؟ " ورماسر نے جوش اور تجسس سے دریافت کیا۔

" پھول ؛ " عرفی کا چہرہ لٹکا ہوا تھا۔

" پھول نہیں ملے " دوسرے لڑکے نے اس طرح کہا جیسے اب رو دے گا "

" پھول کوئی نہیں دیتا " ایک لڑکا سچ مچ رونے لگا۔

" اب جنگ ہونے سے کوئی نہیں روک سکے گا " ایک لڑکی کی آنکھیں سوجی ہوئی تھیں۔

اور پھر ــــــــ ورماسر چونک گئے۔ مونا نے ایک کاغذ ان کی طرف بڑھایا تھا۔ سب بچے گردن جھکائے شکست کے انداز میں کھڑے تھے اور ورماسر حیرت سے اس چھوٹی بچی کی تحریر پڑھ رہے تھے : " ہم پھول نہیں توڑ سکے، ہم خوشبو نہیں لا سکے۔ اس کا حق بس ان کو ہے۔ وہ نہیں چاہتے کہ ان کی مہک دُور دُور تک پھیلے "

ورماسر کی آنکھیں نم ہو گئیں۔ انھوں نے سر جھکا لیا۔ امن کے پیغامبران بچوں سے کچھ کہنے کے لئے اب ان کے پاس بچا ہی کیا تھا؟

شمع۔ اکتوبر ۱۹۸۷ء ◆◆

خیمے

بڑا بھیانک طوفان تھا۔ صبح سے ہی آسمان کالے کالے بادلوں سے گھرا ہوا تھا۔ ہلکی پھلکی بوندا باری کی توقع تو تھی مگر یہ امید نہ تھی کہ دیکھتے دیکھتے ہی آسمان اس قدر سیاہ پڑ جائے گا اور ٹھنڈی ٹھنڈی بہتی ہوئی ہوا آندھی کی صورت اختیار کر لے گی۔ بادبان زوروں سے ہل رہے تھے اور معمولی سی کشتی (شیشم کی لکڑی کے تختوں کی مدد سے تیار کی ہوئی) سمندر کی لہروں پر ہچکولے کھا رہی تھی۔ کشتی میں صرف دو ہی مسافر تھے۔ ایک بوڑھی عورت، ایک اس کا جوان لڑکا۔

"اب کیا ہوگا؟" بوڑھی عورت کی آنکھوں سے گھبراہٹ جھانک رہی تھی۔

"ہاں اب کیا ہوگا؟" نوجوان بھی پریشان نظر آ رہا تھا۔ "کشتی شاید طوفان کا مقابلہ نہ کر پائے۔"

"کشتی ڈوب سکتی ہے؟"

"ہاں ڈوب سکتی ہے۔"

"پھر ہمارا کیا ہوگا؟" بوڑھی عورت کی آواز بیٹھ رہی تھی۔

"ہمت!" نوجوان آہستہ سے بولا۔ "ایسے وقت ہمت کا دامن چھوڑنا نہیں چاہیے۔ مستقل مزاجی ہی ہمیں اپنے مقصد میں کامیاب کر سکتی ہے۔"

اتنا کہہ کر اس نے چپّو چلانا شروع کیا۔ طوفان بڑھتا جا رہا تھا اور کشتی ڈگمگا رہی تھی۔

"تم کشتی پیچھے نہیں کر سکتے؟"

"افسوس میں نہیں کر سکتا!" نوجوان نے بہت تھوڑے لفظوں کا سہارا لیا ——

"اور ماں تم چاہتی ہو ہم پھر وہیں جائیں جہاں خیموں میں بڑے لوگ اسلحوں سے لیس ہمارے انتظار میں ہوں کہ ہم آئیں تو ہماری بوٹی بوٹی کر کے چیل کوؤں کو کھلا دیں۔"

"افسوس! دُنیا پر بُرا وقت آیا ہے۔ ہمارے زمانے میں ایسا نہیں تھا۔"

"تم نے غلط سمجھا ماں۔ ایسا ہر زمانے میں تھا۔ ذرا ٹھہر کر ... " افسوس ہم پیچھے نہیں جا سکتے۔ مگر تم گواہ رہنا کہ دُنیا کے بُرے سلوک نے ہی ہمیں اس سفر پر آمادہ کیا ہے۔"

"ہاں میں گواہ ہوں۔ مگر تم چپو سنبھالو۔ کشتی کیسے ڈگمگا رہی ہے؟"

بوڑھی عورت اب پرسکون تھی۔ آسمان بالکل سیاہ پڑ گیا تھا۔ اتنا سیاہ کہ اب اسے اپنے بیٹے کا چہرہ بھی نہیں دکھ رہا تھا۔

"تم کہاں ہو؟"

"میں یہیں ہوں اور چپو کھے رہا ہوں۔ تم فکر مت کرو بس دل ہی دل میں طوفان تھمنے کی دُعا کرو۔"

"دعا میں طاقت ہوتی تو وہاں خیمے نہیں بنتے اور خیموں میں لڑائیاں نہیں ہوتیں۔ دعائیں اپنا اثر کھو چکی ہیں۔"

"تم ٹھیک کہہ رہی ہو ماں۔ مگر کیا اس کا یہ مطلب ہوا کہ ہم خود کو حالات کے رحم و کرم پر چھوڑ دیں۔"

"نہیں۔ تم چپو ٹھیک سے چلاؤ۔ جو ہوگا بہتر ہوگا۔"

سمندر کی لہریں گرج رہی تھیں۔ کبھی کبھی کوئی بھیانک لہر اٹھتی اور کشتی بہت اُوپر تک اٹھ جاتی مگر دوسرے ہی لمحے ایک نئی لہر آتی اور کشتی کو بہت نیچے تک پھینک دیتی۔

بوڑھی عورت زیرِ لب بڑبڑائی "یہ حرکت ہی زندگی ہے اور انسان بہر حال سب سے طاقتور جانور ہے۔"

نوجوان خاموش رہا۔ شاید اس لئے کہ اب وہ بوڑھی عورت کے لہجے میں جھوٹ

محسوس کر رہا تھا۔ اندھیرے کے باوجود اسے دِکھ گیا تھا کہ کشتی میں سُوراخ ہو گیا ہے اور اب پانی اس میں داخل ہو رہا ہے اور اب اسے یہ بھی احساس ہو گیا تھا کہ سمندر بہر حال انسان سے زیادہ طاقتور ہے۔ کچھ ہی دیر میں یہ کشتی ٹوٹ جائے گی اور وہ سمندر کے رحم و کرم پر ہو گا۔

"تم بولتے کیوں نہیں ہ؟" بوڑھی عورت کی آواز میں عجیب سی گرمی تھی۔

نوجوان نے اب بھی فیصلہ نہیں چھوڑا تھا۔ "ماں تمہارے علم میں یہ بات ڈال دوں کہ اب یہ کشتی ہماری تھوڑی دُور کی ساتھی ہے۔ اس لئے کہ کشتی میں سُوراخ ہو گیا ہے اور پانی بھرتا جا رہا ہے۔۔۔ ہم زندہ رہے تو۔۔۔"

بوڑھی عورت کی آواز لرز گئی، مگر دوسرے ہی لمحے اس نے ہمت سے کام لیا۔

"تم تیرنا جانتے ہو؟"

"مگر سمندر کی لہریں سرکش ہیں۔"

"انسان سب سے زیادہ طاقتور جانور ہے۔ مجھے بھی تیرنا آتا ہے۔"

"مگر میرے مقابلے میں تیری ہڈیاں بوڑھی اور کمزور ہیں۔"

"تو بے وقوف ہے۔ مقابلہ نہیں جانتا۔ امتحان کے وقت بزدلی کو آواز دیتا ہے۔ دیکھ لینا میں کس بہادری سے تیروں گی۔"

نوجوان اب پُرسکون تھا۔

اور پھر ایک تیز لہر آئی۔ سمندر زوردار آواز میں گرجا۔ فضا میں ایک تیز چیخ گونجی۔ کشتی سمندر کی گہرائیوں میں جانے کہاں کھو گئی۔ طوفان آیا بھی اور طوفان گزر بھی گیا۔ اب سب کچھ شانت تھا۔ فضا شانت تھی۔ ایک ویران سا جزیرہ دِکھ رہا تھا اور اس غیر آباد سے لگنے والے جزیرے پر سمندر نے دونوں مسافروں کو لا کر پٹک دیا تھا۔

ذرا دیر میں نوجوان کو ہوش آ گیا۔ دماغ جھنجھنا رہا تھا۔ کپڑے پانی سے شرابور تھے۔ "اف" اس نے آنکھ کھلی۔ چاروں طرف نظر دوڑائی۔ سمندر کی لہریں اب خاموش تھیں۔ کچھ فاصلے پر درختوں کی قطار تھی، جو عجیب عجیب سے پھلوں سے لدے تھے۔ میٹھے ہوں گے اس نے سوچا۔ اب کرنا کیا ہے۔ جب قسمت یہاں لے ہی آئی ہے تو کچھ تو کرنا ہی

ہوگا۔

"انسان سچ مچ سب سے طاقتور جانور ہے"

نوجوان پنجے جھاڑتا ہوا اُٹھ کھڑا ہوا۔ اچانک اس کی آنکھیں خوشی سے چمک اٹھیں۔ دوسری طرف اس کی ماں بے سدھ پڑی تھی۔

"ماں بھی زندہ ہے!"

نوجوان بوڑھی عورت پر جھک گیا۔ بوڑھی عورت کی آنکھیں بند تھیں۔ نبض دھیرے دھیرے چل رہی تھی۔ تو یہ زندہ ہے مگر ہوش میں نہیں۔ اسے پناہ چاہیئے مگر پناہ کہاں ملے گی؟ فوراً اسے خیال آیا کہیں اس جزیرے پر انسان نہ بستے ہوں ... اب انسان کہاں نہیں بستے۔ آبادی اتنی بڑھ گئی ہے کہ چاند ستاروں اور سیاروں پر بھی کھوج کرو تو قسمت کے مارے انسان مل جائیں گے پھر معلوم ہوگا کہ جگہ کی تنگی سے گھبرا کر چپ چاپ یہ آدم کے بیٹے چاند ستاروں پر بھی اوڑھنا بچھونا لے کر نکل آئے ہیں۔ اس لئے اس جزیرے پر بھی آبادی ہو تو کوئی حیرت کی بات نہیں۔ یہی سوچ کر نوجوان نے بوڑھی عورت کو آرام سے کندھے پر اُٹھا لیا جیسے شکاری رائفل یا سفری بیگ اُٹھاتے ہیں اور پناہ کی تلاش میں نکل گیا۔

پھر وہ چلتا گیا۔ شاید گھنٹوں گذر گئے تھے۔ دُور تک آدم زاد کا پتہ نہیں۔ بھوک لگی تو ایک درخت سے پھل توڑا۔ امید کے برعکس پھل کافی میٹھا تھا۔ پھل کھایا اور آرام کی سانس لی۔ قدم پھر تیز کیا اور اب اس کی آنکھوں میں دوبارہ چمک نمودار ہوئی تھی مگر یہ چمک فوراً بجھ گئی۔ پھر وہی خیمہ۔ وہ زیرِلب بڑبڑایا۔

تو یہاں بھی ایک خیمہ ایستادہ تھا۔ بہت بڑا خیمہ۔ وہ ماں کو لئے تیز قدموں سے خیمے کی طرف بڑھا۔ خیمے کے اندر کا منظر وہ اس سے پہلے بھی اپنی دنیا میں دیکھ چکا تھا۔ اندر بہت سے لوگ تھے۔ سارے کے سارے سفید لباس میں۔ شاید عبادت کا وقت تھا اور وہ سجدے میں گرے تھے۔ منبر پر نورانی صورت والے ایک بزرگ بیٹھے تھے جو آہستہ آہستہ کچھ بدبدا رہے تھے اور کچھ عجیب سی آواز کمرے میں پھیل رہی تھی۔

دفعتاً نورانی صورت والے بزرگ نے اسے دیکھ لیا۔ اب ان آنکھوں سے حیرت برستی تھی۔

"ٹھہرو" وہ تیز آواز میں بولے۔ سجدے میں گرے ہوئے لوگ اُٹھ کھڑے ہوئے تھے۔ بزرگ نے انھیں ہاتھ کے اشارے سے کچھ سمجھایا۔ ان سب کی آنکھوں میں حیرت کی جھلک تھی۔ دفعتاً نورانی صورت والے بزرگ بھیڑ کو چیرتے ہوئے آگے بڑھے اور اس سے دریافت کیا۔

"نوجوان تم کون ہو؟ کہاں سے آئے ہو؟ لباس سے تو ہمارے خیمے کے نہیں لگتے۔ پھر یہاں کیا کر رہے ہو؟"

"خیمے؟" نوجوان پھر چونک گیا تھا "یہ میری بوڑھی ماں ہے" اس نے اشارہ سے جتایا "یہ بیہوش ہے، ہمیں پناہ چاہیئے"

"پناہ۔ وہ تو ٹھیک ہے۔ مگر کیا تمھارا تعلق ہمارے خیمے سے ہے؟"

"نہیں۔ ہم اجنبی ہیں"

"اجنبی!" بزرگ کے ہونٹوں پر مایوسی تھی "افسوس نوجوان تمھارے لئے اس خیمے میں کوئی جگہ نہیں۔ تم کوئی دوسری جگہ تلاش کرو" اسی کے ساتھ بزرگ پلٹے۔ باقی لوگ پھر سے عبادت میں منہمک ہو گئے۔

نوجوان کچھ دیر تک بے حس و حرکت کھڑا رہا۔ پھر کر۔ درچالوں سے آگے بڑھ گیا۔ اب اس کے قدموں میں نقاہت آ گئی تھی۔ بوڑھی ماں کا وجود وزن دینے لگا تھا۔ چلتے چلتے وہ ایک بار پھر ٹھہرا۔ آنکھوں میں تھوڑی چمک لہرائی۔ یہاں بھی ایک خیمہ نصب تھا۔ کافی بڑا خیمہ۔ نوجوان تیزی سے آگے بڑھا۔ خیمے کے آگے رُکا۔ اندر جھانکا اور پھر اپنی جگہ جیسے تھم گیا۔ اندر، ایک نیتا جیسا آدمی سفید ٹوپی پہنے، کھادی کے کرتے پائجامے میں ملبوس ہاتھ نچا نچا کر تقریر کر رہا تھا۔ باقی لوگ سن رہے تھے۔ سب کا لباس ایک جیسا تھا۔ سفید ٹوپی اور سفید کھادی کا کرتا پائجامہ۔

"شاید یہاں پناہ مل جائے" نوجوان نے سوچا۔

اور یہاں بھی وہی حادثہ ہوا۔ تقریر کرنے والے شخص نے اسے دیکھ لیا۔ پھر تقریر روک کر وہ حیرت سے اس کی طرف لپکا۔ اس کے ہونٹوں پر بھی وہی مکالمہ تھا۔

"نوجوان۔ تم تو ہمارے خیمے کے نہیں لگتے۔ تمھارے سفید ٹوپی بھی نہیں۔ ہماری طرح کُرتا پائجامہ بھی نہیں۔ پھر تم یہاں کیا کر رہے ہو؟"

"پناہ۔۔۔ پناہ چاہیے۔"

"پناہ۔" اب وہ نیتا نما شخص ہنس رہا تھا۔ "افسوس نوجوان ہم تمھاری کوئی مدد نہیں کر سکتے۔ ہاں اگر کہیں سے تم ہمارا لباس لے آؤ اور ہماری پارٹی جوائن کر لو تو ہم تمھیں پناہ دے سکتے ہیں۔"

لباس۔۔۔ اور پارٹی۔۔۔ نوجوان دھیرے سے بڑبڑایا۔ یہ اسے کہاں سے ملیں گے۔" اب وہ پوری طرح ناامید ہو چلا تھا۔ اب وہ کہاں جائے۔ کہاں پناہ تلاش کرے۔ اچانک وہ چونک گیا تھا۔ کندھے پر پڑی ہوئی ماں کافی وزنی ہو گئی تھی۔ ایک جھٹکے سے وہ پلٹا۔ ماں اب ایک لاش تھی۔ بے حس و حرکت۔۔۔ اور یہ لاش کافی وزنی ہو گئی تھی۔

"ماں مر گئی لیکن ماں کو کسی خیمے میں پناہ نہیں ملی۔"

نوجوان کے چہرے پر آگ سلگ رہی تھی۔ اس کے جی میں آیا کہ وہ ان تمام خیموں میں آگ لگا دے۔ ان خیموں نے اس کی ماں کی جان لی ہے۔ پھر اسے خیال آیا۔ خیموں کو جلانے سے کوئی فائدہ نہیں۔ جو بچ جائیں گے وہ پھر اپنا خیمہ بنا لیں گے۔۔۔ پھر وہ کیا کرے۔۔۔

اچانک ایک خوبصورت سا خیال اس کے دل میں آیا۔ کیوں نہ خود ہی ایک خیمہ بنا لے۔ ایک الگ خیمہ۔ پُرامید چالوں سے وہ آگے بڑھا۔ درختوں پر طیور چہچہا رہے تھے۔ مگر چلتے چلتے وہ پھر ٹھہر گیا۔ کچھ سوچ کر ماں کی لاش کندھے سے اُتاری۔ نہیں وہ خیمہ نہیں بنائے گا پھر اس میں اور ان خیموں والے میں کیا فرق رہ جائے گا۔ وہ کوئی خیمہ نہیں بنائے گا۔۔۔

نوجوان اپنے فیصلے سے مطمئن تھا۔ ماں کی آخری رسم سے فارغ ہو کر وہ پھر ایک نئے سفر کے لئے نکل کھڑا ہوا تھا۔!

— شب خون ۱۹۸۸ء

◆◆

تحفّظ

ہوش میں آنے پر دونوں نے ایک دوسرے کو بغور دیکھا پھر آنکھوں آنکھوں میں کچھ سوالات ہوئے۔ نظر اُٹھاکے آس پاس کا جائزہ لیا گیا۔

ذرا ٹھہر کر بولا ”کچھ بھی سلامت نہیں ہے یار۔ سب برباد ہو گیا“

”ہش“ دوسرے نے منہ پر انگلی رکھی۔ ”آہستہ بول خیریت ابھی بھی نہیں ہے۔ پھر اس نے اپنے آپ کو چھو کر اطمینان کر لیا۔

”خدا کا شکر ہے ہم بچ گئے مگر۔۔۔“

”سب کچھ لُٹ گیا۔ ختم ہو گیا“

”وہ لوگ یہیں آس پاس ہیں“ دوسرے نے کانا پھوسی کی“ ہم نے ذرا بھی آواز کی تو وہ ہمیں دیکھ لیں گے اور شوٹ کر دیں گے“

”اب کیا کیا جائے؟“

پہلے نے اِدھر اُدھر دیکھا، پھر ناامیدی سے آنکھیں بند کرتا ہوا بولا ”کچھ نہیں۔ اچھے آثار نہیں۔ سب مارے گئے“ وہ تکلیف سے کراہا۔

دوسرے نے اس کے مُنہ پر ہاتھ رکھ دیا ”شی۔۔۔ خبر۔۔۔ مل گئی تو۔۔۔ جان سے مار ڈالیں گے۔ دیکھتے نہیں کچھ فاصلے پر سائے جیسے لوگ نظر آرہے ہیں“

پہلے نے تشویش بھرے لہجے میں کہا ۔ اب کیا کیا جائے ؟ کیا ساری ساری رات ۔ ۔ "

" نہیں ۔" دوسرے نے اِدھر اُدھر کا معائنہ کرتے ہوئے کہا ۔ یہاں رہے تب بھی مارے جائیں گے ۔ ٹہلتے ہوئے وہ کسی وقت بھی یہاں پہنچ سکتے ہیں ۔"

" پھر ہم کہاں جائیں گے ؟"

" کوئی نہ کوئی ٹھکانہ ڈھونڈنا پڑے گا ۔"

" بہت دیر ہو گئی ہے ۔"

" شاید ان لوگوں نے ہمیں دیکھ لیا ہو ۔" پہلے کو خوف محسوس ہوا ۔

" ہاں ہو سکتا ہے ۔ ہو سکتا ہے ہمیں مرا ہوا سمجھ کر آگے بڑھ گئے ہوں ۔"

" وہ دوبارہ ہماری تلاش میں لوٹ سکتے ہیں ، کہ مُردے کہاں گئے ۔" پہلے نے تشویش ظاہر کی ۔

" تحفظ کہیں نہیں ہے ۔ کہیں نہیں ہے ۔" دوسرا بدبدایا ۔ " نہ فساد سے پہلے تھا نہ فساد کے بعد ، مگر خود کو یوں موت کے حوالے چھوڑ دینا بھی تو عقل مندی نہیں ۔ اب جب کہ ہم ۔ بچ چکے ہیں تو ۔ ۔ "

" اپنی حفاظت بھی تو ضروری ہے ۔" پہلے نے جملہ پورا کیا ۔

" مگر ساری ساری رات ۔ ۔ ۔ تمہیں بھوک نہیں ہے ؟"

" ہے تو ! " دوسرے نے غصہ میں کہا ۔ " سمجھ ہم جنگ پر ہیں اور سب سے ضروری چیز جان بچانی ہے ۔"

" تحفظ کہیں نہیں ہے ۔" پہلا بڑبڑایا ۔

دوسرے کے چہرے پر اچانک مسکراہٹ پھیل گئی ۔ اندھیرے میں اسے کچھ دکھ گیا تھا ، سرگوشی کے انداز میں بولا ۔ " مل گئی ، مل گئی جگہ ۔ وہ ٹوٹا پھوٹا گھر دیکھ رہے ہو ۔ باہر اکھڑی ہوئی کواڑ بھی ہے ۔ ہم دوسری منہدم عمارتوں سے وہاں زیادہ محفوظ ہیں ۔"

" وہ ملبہ تھا ۔ ۔ "

" ہاں ۔ ۔ ۔ شاید وہاں اطمینان سے رات بسر کر سکیں ۔" دوسرے نے اشارہ کیا اور

آہستہ آہستہ کھسکنے لگے۔

"شی... آواز نہیں ہو"

پہلے نے بھی منہ پر انگلی رکھی۔

"آواز نہیں ہوگی"

دونوں چُپ چاپ بغیر آواز نکالے دبے دبے سرکتے رہے۔

"ڈر لگ رہا ہے نا...؟"

"ہاں!" پہلے نے خوف ظاہر کیا "سب مارے گئے"۔

"اپنے بچنے کی خوشی نہیں ہے"

"ہے تو۔ زندگی ایک قیمتی شے ہے۔ سب سے قیمتی شے ہے"

پہلا بڑبڑایا "مگر دُور پر زندگی چھیننے والے بھی ہیں۔ اب سوال ہے زندگی بچائی جائے تو کیسے؟"

"جیسے ہم تحفظ کے لئے جگہ کھوج رہے ہیں" اس نے پھر ہونٹوں پر انگلی رکھی "شی... آہستہ آہستہ... پتہ بھی نہیں کھڑکے۔ کچھ معلوم نہیں ہو..."

سرکتے ہوئے دونوں ملبے نما مکان میں داخل ہو چکے تھے "اب اطمینان ہے"

پہلا اینٹوں کی آڑ لے کر بولا۔

"نہیں۔ اب بھی نہیں۔ اب بھی ہم محفوظ نہیں ہیں۔ مگر زندگی سب سے قیمتی شے ہے"

"لگتا ہے یہاں کا بھی سب کچھ لُٹ گیا۔ ایک ایک سامان۔ کچھ بھی نہیں چھوڑا کمبختوں نے"

"اینٹے، پتھر... یہ سب تو باقی ہیں" دوسرے نے طنز کیا مگر اچانک اسے کچھ یاد آگیا "مگر... یہاں ہم محفوظ نہیں۔ ہمیں بات چیت سے پرہیز کرنا چاہیئے"

"سوال ہے، ہم یہاں حفاظت سے ہیں یا نہیں"

"شاید نہیں" دوسرے نے تشویش ظاہر کی۔ "وہ لوگ زیادہ دُور نہیں۔ ہم کبھی بھی انھیں نظر نہیں آسکتے ہیں"

"تحفظ کہیں نہیں" پہلا زیرِ لب بڑبڑایا۔ اچانک جانے کیا ہوا، وہ زور زور سے کانپنے لگا۔ پھر ڈرے ڈرے لہجے میں بولا۔۔"سنو۔۔۔ مجھے کھانسی ہو رہی ہے۔۔"

"نہیں۔۔۔"

"لیکن۔۔۔"

"نہیں۔۔۔نہیں۔۔۔ خدا کے واسطے۔۔"

"مجھ سے کھانسی اب برداشت۔۔۔"

"نہیں پلیز نہیں۔ وہ لوگ آجائیں گے۔۔" دوسرے نے آس پاس کی وحشت کو ٹٹولتے ہوئے کہا۔

"مگر اب نہیں کھانسنے۔۔"

"ٹھہرو" دوسرے نے دبی آواز میں ڈانٹا۔

"اندر آؤ۔ شاید کوئی اور محفوظ مقام ہو۔۔"

"اندر۔۔۔ اندھیرا بہت ہے۔۔" پہلے کی کیفیت عجیب ہو رہی تھی۔

دوسرے نے پہلے کا ہاتھ پکڑ لیا، اور اندر سرنگ جیسی شے میں دونوں اُترتے چلے گئے۔۔

"ہم کہاں آگئے؟"

"یہاں تم کھانس سکتے ہو"

اور پہلے نے بولنے سے قبل ہی زور سے چھینک ماری۔۔۔ آخ۔۔۔ چھیں۔۔۔

پھر وہ سنبھلا۔ "کچھ محسوس کر رہے ہو تم۔۔۔ میں باس محسوس کر رہا ہوں"

دوسرے نے بھی ناگواری سے ناک بند کی۔ "ہاں، بہت باس ہے۔ شاید ہم لوگ۔۔"

"تم ٹھیک کہتے ہو، بہت باس ہے"

"مگر۔۔"

اچانک پہلے کا ہاتھ کسی تیسرے سے اور دوسرے کا کسی چوتھے سے جا ٹکرایا۔

"کون ہے؟" دونوں ایک ساتھ چیخے۔

"کون چھپا ہے" دونوں اندر ہی اندر کانپ گئے۔

"ہم ہیں۔"

تیسری اور چوتھی آواز بھی کانپتی ہوئی اُبھری — "تمھاری طرح ہی تحفّظ کے مارے..."

"نام؟" ایک ساتھ دونوں نے پوچھا۔

اور نام سُن کر دونوں چونک گئے۔

"تم تو... ہاں تم تو... وہ نہیں ہو... مگر دوسرے نے پھر لمبی سانس کھینچی۔ خیر کوئی بات نہیں۔ مگر ہے نا عجیب بات ... کہ ہم تمھارے ڈر سے اور تم ہمارے ڈر سے" مگر یہاں سب کے لئے تحفّظ ہے۔"

ان دونوں نے پھر کہا کتنی باس ہے۔

اس بار ادھر سے بھی دونوں مسکرائے اور ایک ساتھ بولے۔

"ہاں بہت باس ہے۔ بہت باس ہے۔

جمنانٹ، قرطاس ۱۹۸۸ء
ہندی جن سنسار،

تحریکیں

مجھے یہ احساس تھا کہ میں بدل رہا ہوں۔ میں تھوڑا تھوڑا کر کے بدلنے لگا ہوں۔ دوستوں کے درمیان بھی اب پہلے والی وہ بات نہیں رہی۔ وہ بات بات پر قہقہے لگانا لطیفے سُنانا۔ شاید صرف میں ہی نہیں بدلا تھا بلکہ دوست بھی آہستہ آہستہ بدل رہے تھے۔ ایک ایک کر کے سارے دوست۔ اور جیسے یہ احساس مجھ کو تھا ویسے ہی الگ الگ یہ احساس سب کو تھا۔ بند کمرے میں اپنا احتساب کرتے ہوئے ایسا احساس ہونا تو واجب تھا۔ مگر دوستوں کے جھنڈ میں اپنے آپ پہ نقاب ڈالتے ہوئے ہر کوئی اپنی بات دوسروں پر الٹ دیتا۔ ’زاہد تم بدلتے جا رہے ہو۔ جاوید میں اب وہ پہلی والی بات نہیں رہی۔ مشرف نے اب گھر سے باہر نکلنا بند کر دیا ہے۔ سنجیو میں بھی کیسا زبردست چینج آیا ہے‘۔ ایک شام ہی تو رہ جاتی ہے‘ جب اکیلے پن سے گھبراتے ہوئے دوستوں کے ساتھ یونہی سڑکوں پر گھومنے کی خواہش ہوتی ہے کہ کچھ تفریح کر لی جائے، مگر خاک تفریح ——— ہم میں سے ہر شخص اپنی اپنی بے چینی اور بیکاری کی کہانی لے کر بیٹھ جاتا۔ پھر فرسٹریشن کا چیختا ہوا پرندہ اپنی بے سکوں اور منحوس آواز سے ہم سب کو خاموش کر دیتا۔ کچھ دیر کے لئے ماحول میں سناٹا چھا جاتا۔ پھر ذرا ٹھہر کر سنجیو کی آواز اُبھرتی۔ ”چائے پلاؤ گے مشرف؟“ ایک دم سے سناٹے میں آجاتا ہوں۔ پاکٹ میں پیسے نہیں ہیں۔ یہ عمر بھی عجیب ہوتی ہے کہ گھر سے پیسے مانگنے میں شرم آتی ہے۔ نِکھٹو۔ بیکار آدمی۔ روز روز اپلی کیشن کے فارم بھرنے کے بعد بچتا ہی کیا ہے۔ مگر یہ کیفیت صرف میرے ساتھ تو نہیں۔ بلکہ اس پُورے

گروپ کے ساتھ بھی ہے۔ سنجیو، زاہد، جاوید، ثمن سب کے ساتھ ہی۔ سب چائے کے نام پر ایک دوسرے کی طرف دیکھتے ہیں۔ آنکھوں ہی آنکھوں میں کتنے سوال بنتے ہیں اور ٹوٹتے ہیں کہ چائے کون پلائے گا۔ کون پلائے گا چائے؟ مگر یہ ذلت میرے لئے دوسروں سے کچھ زیادہ ہے اس لئے کہ سنجیو نے یہ سوال سب سے پہلے مجھ سے کیا ہے اور اگر نہیں پلا سکا تو، رات میں بھی یہی سوال دیر تک بستر پر چبھتا رہے گا۔ اس لئے کبھی کبھی جی کرتا ہے، گھر آئے ہوئے دوستوں کو منہ "کھلوا دوں۔ سب کے سب آنے کے بعد چائے کا توپ داغ دیتے ہیں۔ باپ کے "فری ہوٹل" سے کس کس کو مفتیہ چائے پلائی جائے؟ اسی لئے اب پرانی ساری کہانیاں ایک ایک کرکے بند کر دی گئی ہیں۔ پکنک منانا، تفریح کرنا، ہوٹل بازی، سب کچھ ختم ہو گیا ہے۔ شعر و شاعری کا ماحول، گپ بازی، ہنگامے، سب کے ہونٹوں پر قفل پڑ گیا ہے۔ گھر کا چیختا سناٹا اندھیرے میں کیسے کیسے سوال کرنے لگتا ہے اور جب کوئی نہیں بولتا تو گھر کے ہی در و دیوار ایکدم سے گاربین بن کر اندر کے بیکار آدمی کو طرح طرح کے خونخوار سوالوں سے زخمی کرنے لگتے ہیں۔ ایسے میں کچھ اور تو نہیں ہوتا ہاں ایک طرح کا چڑچڑاپن اندر سما جاتا ہے اور برسوں سے اندر سویا ہوا کتا ایکدم سے اجنبی بن کر اپنے ہی دوستوں پر بھونکنے لگتا ہے۔ دوستوں میں لڑائی کب نہیں ہوتی مگر یہ لڑائی اب روز روز سننے میں آنے لگی تھی۔ روز ہی کچھ نہ کچھ نئی خبر معلوم ہوتی۔ جاوید، مشرف پر بگڑ گئے۔ سنجیو شمیم میں جھگڑا ہو گیا۔ زاہد، ثمن ایک دوسرے سے خفا چل رہے ہیں۔ کچھ دیر کا جھگڑا اور پھر میل ملاپ۔ دراصل یہ سب اسی ایک چڑچڑے پن کی کہانی لگتی ہے جو تنہائی میں سینکڑوں ہزاروں طرح کے آوارہ پلوں کو جنم دینے میں کامیاب ہو جاتی ہے۔۔۔ اپنا آپ نوچنے کے لئے۔۔۔ تھوڑا تھوڑا کر کے خود کو توڑنے کے لئے۔۔۔!

"ہم سب بیکار ہیں اور شہر میں تحریکیں بڑھتی جا رہی ہیں" یہ کبھی چلتے چلتے میں پوچھ بیٹھتا تو سنجیو ایکدم سے میری بات کاٹ دیتا۔ بڑی بڑی باتیں کہتے ہوئے جب اچانک اپنے کھوکھلے ہونے کا احساس جاگتا ہے تو لگتا ہے کسی بھی اس طرح کے پوچھے گئے سوال سے کوئی پہچان (تعارف) نہیں ہے ہمارا۔ جنم سے ہی اپاہج رہے ہیں ہم۔ پارالائزڈ کر دیا گیا ہے ہمارے اندر کے آدمی کو۔ کھوکھلا اور نپنسک (نامرد)۔ اب تمام باتیں اصلیت کی آڑ میں چوٹ کرتی ہیں اور سامنے دکھتا

ہے۔ سڑے ہوئے گوشت والا بدبودار آدمی ... بیکار آدمی ...!

سنجو چپ ہے ... شاید سب ہی چپ ہیں۔ مگر یہ سفر جاری ہے اور ایسے کتنے ہی سفر جاری رہیں گے۔ سڑک پر چلتے چلتے ٹھہر گئے ہیں ہم۔ کوئی جلوس پار کر رہا ہے۔ نعرے لگ رہے ہیں۔ انقلاب زندہ باد کے نعرے۔ شعلہ بار تقریریں۔ بھینچی ہوئی مٹھیاں اور سلگتے ہوئے نعرے...

سب نعرے جاگ رہے ہیں اور ہم سو رہے ہیں۔ دراصل اب ان سوالوں کی لکھا پڑھی کا کام چھوڑنا ہوگا جو اکیلے میں۔ اپنے آپ سے کئے جانے والے ندامت آمیز سوالوں پر ٹھنڈے سرد گوشت میں تبدیل کر دیتے ہیں ہمیں۔ اب تو ہر بات چوٹ کرتی ہے اور ایسے میں اچھی بری بات کی تمیز نہیں ہو پاتی۔ لوگ باگ صرف اُس آدمی کو دیکھتے ہیں جو چڑچڑا ہو گیا ہے، اس آدمی کو نہیں دیکھ پاتے جو ہر دم اپنے آپ سے لڑتا رہتا ہے۔ ایسے میں کچھ بھی سچ نہیں لگتا۔ عشق محبت وغیرہ کی باتیں بھی کتابی جان پڑتی ہیں۔ دراصل ہم سب اپنے نکھٹو ہونے کے پاگل کر دینے والے احساس میں گھر گئے ہیں۔ چلتے چلتے ہنسی مذاق کے اس اوباؤ ماحول میں پھر وہی سوال ہمیں روک دیتا ہے۔ کون چائے پلائے گا... کون پلائے گا چائے؟ آوارہ چلتے ہوئے اندر گرمی بھرنے کا احساس ایکدم سے سب کو ایک دوسرے کی آنکھوں میں دیکھنے پر مجبور کر دیتا ہے... کون پلائے گا؟ اس بات پر پھر ایک قہقہہ بلند ہوتا ہے۔ مگر میں بھی جانتا ہوں اور سب جانتے ہیں۔ ابھی ہم میں سے ہی کوئی نوکری کی بات چھیڑ دے گا اور سب اُداس ہو جائیں گے۔ ایک لمبی چپی اختیار کر لیں گے۔ پھر کچھ نہیں ہوگا۔ سوائے اس فریسٹریشن والے جانور کے، جو اندر ہی اندر اپنا پوسٹ مارٹم کرتا رہے گا۔ اپنے آپ کو چیرتا پھاڑتا ملے گا۔ نکمے بیکار آدمی۔ سڑک چھاپ۔

یہ سب کچھ سچ نہیں ہے سنجو۔ سڑک کی دھول چھانتے ہوئے ذرا ٹھہر کر اپنے آپ کو تسلی دے کر سمجھانے والا یہ کھیل بھی اب پرانا ہوتا جا رہا ہے۔ اب دل نہیں مانتا۔ دل صرف گالیاں دیتا ہے۔ کبھی ایجوکیشنل سسٹم کو۔ ان امپلائمنٹ کے نام پر گھٹیا دیوستھا کو، کبھی اپنے چھوٹے سے شہر کو اور کبھی حکومت کے سرد رویے کو۔ اور کبھی کبھی لک کو۔ لک جو فیوریبل نہیں ہے۔

ہر قدم پر لگتا ہے ایک مذاق بنتے جارہے ہیں ہم۔ اس برائٹ فیوچر کے نام پر جو ماں باپ نے کبھی دیکھے تھے۔ کبھی کبھی غصے میں لگتا ہے، پوری دنیا میں آگ لگادوں۔ کچھ غلط کر بیٹھوں۔ مگر اپنا آپ پھر بھی ٹھنڈا نہیں ہوتا۔"

زاہد بول رہا ہے۔ اس کا چہرہ دیکھ رہا ہوں۔ لال چہرے پر تنی ہوئی گہری لکیریں۔ شاید سب ہی کچھ دکھ بول رہے ہیں۔ بول کر اندر جمی ہوئی کائی کو باہر نکال رہے ہیں۔ دل کی بھڑاس نکالنے کا یہ بھی ایک طریقہ ہے۔ مگر خود کو کیسے سمجھاؤں۔ ایسے میں ایکدم سے چُپ ہو جاتا ہوں۔ ایکدم سے گونگا۔ ایسی باتوں سے اندر کوئی بات بھی نہیں اٹھتی۔ بس دل اینٹھنے لگتا ہے۔ شاید دل کا مریض ہو گیا ہوں۔ سوچتا ہوں گھر واپس لوٹنا چاہیئے مجھے۔ ان پریشان کر دینے والی باتوں سے ذہن ہٹانے کے لئے۔ روزانہ اس طرح کی باتیں دماغ کی تنی ہوئی نسوں کو ایک جھٹکے سے توڑ دیں گی۔ برین ہیمرج۔ اندر چلنے والی کارروائی سے جوجھتے ہوئے پھر بھڑ گیا ہوں۔ پھر کوئی جلوس پار کر رہا ہے۔ نعرے آسمان چھو رہے ہیں۔ بہت لمبی بھیڑ ہے۔ دور تک آدمیوں کے سر ہی سر نظر آرہے ہیں۔۔۔

"تحریکیں جاری ہیں۔ بیکاروں کو اور کوئی کام نہیں رہ گیا ہے۔" روز روز ایک سے نعرے، ہڑتال، بندی، کیا ملتا ہے ان کھوکھلی پکاروں سے۔ سلگتے نعروں سے، ملک کی جڑیں کمزور کرتی جارہی ہیں یہ تحریکیں۔ تم کیا سوچتے ہو جاوید؟"

ہم پانچوں ٹھہر گئے ہیں۔ دکان پر ٹھنسے ہوئے دوسرے لوگوں میں شامل۔ نعروں میں اپنی آواز بھی کھو رہی ہے اور جاوید کہہ رہا ہے "ہاں یار یہ سچ ہے۔ تحریکیں توڑ رہی ہیں، تھوڑا تھوڑا کر کے اس ملک کو۔ روز پنپتی ہوئی ان تحریکوں سے کسی کا بھی بھلا نہیں ہوگا۔ نہ ملک کا، نہ اپنے آپ کا۔ مگر یہ بات بھی تو سوچنی ہوگی کہ روز روز یہ تحریکیں جنم لیتی ہی کیوں ہیں؟" اس کی ضرورت کیوں پڑتی ہے، کہیں نہ کہیں اس میں حکومت کی وہ کمزوری ضرور شامل ہے، جو ان تحریکوں کی وجہ بنتی ہے۔ دراصل ٹکڑے ٹکڑے ہم بھی ٹوٹ رہے ہیں اور ملک بھی ــــــــ"

"ہم بھی اور ملک بھی۔۔۔"

جلوس پار کر گیا ہے مگر سب چپ ہیں۔ جاوید کی بات سے کاٹھ مار گیا ہے۔ کوئی کچھ نہیں بولا۔ چلتے رہے سب چپ چاپ۔ بجتے ہوئے نعرے جلوس کے بہت دور نکل جانے پر بھی

اب تک کانوں میں گونج رہے تھے اور میں سوچ رہا تھا، میں کتنا تھک گیا ہوں اور تھکا دیے ہیں یہ لوگ۔ ایسا کہتے ہوئے ان سے روز ملتے ہوئے، روز ہی کچھ نہ کچھ زیادہ ٹوٹتا ہوا محسوس کرتا ہوں خود کو ــــ آخر کیا ملتا ہے ان باتوں سے، اندر کے کھوکھلے پن کا احساس دلانے سے؟ گزرے ہوئے کو بغیر محسوس کئے کیوں نہیں دیکھا جائے کہ زندگی بغیر سوچے اور محسوس کئے ہوئے بھی تو گزر سکتی ہے... مگر کوئی یہ نہیں چاہتا۔ سب رُک کر اور پلٹ کر ضرور جھانکتے ہیں۔

"کہاں کھو گئے ہو تم؟" سنجو مسکراتے ہوئے پوچھ رہا ہے۔

"نہیں۔ نہیں یار، کہہ کر خود بھی محسوس کر لیتا ہوں۔ آواز تھوڑی بے جان ہو گئی ہے میری۔ شاید اندر سے لہو لہان کر دیا گیا ہوں۔ اب ان میں سے کسی سے بھی نہیں ملوں گا۔ سب بے بات پریشان کر دیتے ہیں مجھے۔ اور ہر بار سوچتا ہوں میرے پاس تو کچھ بھی نہیں ہے انہیں دینے کے لئے... یہاں تک کہ چائے پلانے کے لئے بھی نہیں..."

دو چار روز سے یہی کر رہا ہوں۔ دوست آتے ہیں اور بڑی بے دردی سے "نا" کہلوا دیتا ہوں۔ نہیں چاہتے ہوئے بھی۔ گھر کے لوگ گھور کر دیکھتے ہیں مجھے۔ جیسے مجھے سمجھنے کی کوشش کر رہے ہوں۔ ایسا کیوں ہے؟ ایسا کیوں ہو رہا ہے۔ روز روز ملنے والے دوستوں سے اس طرح کیوں کترا رہا ہوں۔ کتابوں میں سر دیئے دروازے پر میرے نام کی کوئی بھی دستک پاتے ہی، ہاتھ کے اشارے سے سمجھا دیتا ہوں۔ کہہ دیجئے کہ گھر میں نہیں ہے۔ جانتا ہوں، وہ تمام دوست سمجھ رہے ہوں گے۔ مشرف ملنے سے کترا رہا ہے، کیا وجہ ہے۔ کیوں ملنا نہیں چاہتا۔ پھر خود ہی دس طرح کی کہانیاں گڑھ لیں گے۔ کہیں گیا ہوگا۔ کچھ مستی کر رہا ہوگا۔ مگر ہر بار اپنے اس رویئے پر اپنے آپ کو توڑتے ہوئے خود سے کتنا جھیلتا ہوں میں۔ یہ کون جان سکتا تھا۔ سامنے والے خالی دنوں کی تکان کا ایک لمبا سلسلہ، بے سوچی سمجھی اسکیمیں، من گھڑت خیالی پلاؤ۔ اب سب باسی ہو رہے ہیں۔ بے چینی کے آباؤ، سڑے ہوئے پلّو پورے وجود میں ناچ رہے ہیں، پھیل رہے ہیں۔ مگر نہیں۔ کچھ شانت ہوا ہوں۔ بھیم سین سے اس اچانک ملاقات نے کچھ شانت کر دیا ہے مجھے۔ بیکاری میں کئے جانے والے اس فیصلے سے بس مطمئن ہوں۔

تحریکیں زور پکڑتی ہیں تو پکڑیں، ان میں شامل ہونے میں نقصان ہی کیا ہے۔ کوئی ضروری نہیں ہے کہ ان بے سرو پیر کی تحریکوں میں اپنا دلی جذبہ بھی شامل ہو۔ میں نے بہت سوچ سمجھ کر فیصلہ کر لیا تھا۔ خالی دنوں کی تکان کو بھرنے کے لئے اور چائے پانی کے انتظام کے لئے اب یہ ایک طرح سے میرے لئے ضروری ہو گیا تھا۔

بھیم سین سے جب میں بہت پہلے ملا تھا تو وہ ایک غیر سرکاری اسکول میں معمولی سا ٹیچر تھا اور میں معمولی سا طالب علم۔ ادھر اس غیر سرکاری اسکول کی قسمت میں اندھیرا لکھا گیا تو بھیم سین کی قسمت کا فیصلہ ہو گیا۔ اس دن گوپالی چوک پر بنے ہوئے پبلک منچ پر بہت سے لوگوں کے ہمراہ مجھے بھیم سین بھی نظر آیا جو کھادی کا کرتا پائجامہ پہنے زوردار آواز میں تقریر کر رہا تھا۔ کافی لوگ جمع تھے۔

"یہاں روز ہی بھیڑ رہتی ہے" ایک شخص کہہ رہا تھا "روز ہی نیا نیا ڈیمانڈس لے کر یہ لوگ یہاں بھیڑ لگا دیتے ہیں۔ کچھ پمفلٹ بانٹ دیئے۔ کچھ اشتہارات دیواروں پر چپکا دیا اور آگ اگلتی تقریر جھاڑ دیا۔ بس ان کا منشا پورا ہو گیا۔"

میں غور سے بھیم سین کو دیکھ رہا تھا۔ تقریر ختم کرنے کے بعد وہ ڈائس سے نیچے اتر آیا۔ کچھ لوگ اسے اب بھی گھیرے ہوئے تھے۔ ان سے نمٹنے کے بعد وہ مجھ سے ملا۔

"کیا کر رہے ہو آج کل؟"

"کچھ نہیں۔ آپ کی تقریر سن رہا تھا ماسٹر جی۔"

"ماسٹر جی نہیں۔ ایک نیا دھندہ شروع کیا ہے آجکل۔ تحریکیں چلاتا ہوں۔ آؤ چائے پیتے ہیں۔"

بھیم سین زبردستی مجھے چائے پلانے لے گیا۔ وہیں اس نے اپنی گپ چھیڑ دی۔ "ہندوستان بہت بڑا ملک ہے دوست۔ یہاں نوکریوں کی کمی نہیں۔ بس ذرا ہوشیاری اور دماغ چاہیئے۔ اب مجھے دیکھو۔ اسکول ختم ہو گیا تو تحریکیں چلانے والے اس گروپ میں شامل ہو گیا۔ اور یہ ایسا دھندہ ہے جو کبھی مندہ نہیں ہوگا۔"

"مطلب؟" میں نے حیرانی سے پوچھا۔

بھیم سین ہنسا۔ تم روز ہی دیکھتے ہوگے بندی، ہڑتالیں، روز روز جلوس نکل رہے ہیں۔ کبھی حکومت کے خلاف، کبھی اپنی مانگوں کو لے کر۔ کبھی خراب ویوستھا کو لے کر۔ پانی، بجلی اور بھرشٹاچار کو لے کر۔ بڑے بڑوں کے مفاد چھپے ہوتے ہیں ان میں۔ اور سوچو اتنے لوگ آتے کہاں سے ہیں۔ میں خریدتا ہوں انھیں۔ یہ ٹھیکہ اپنا ہے۔ آدمی ٹھیک کرتا ہوں اور جلوس تیار۔ کون سا ایمان جاتا ہے اس میں۔"

بھیم سین ہنس رہا تھا۔ "ہمارے ملک کی جنتا بہت سیدھی سادی ہے، کٹھ پتلیوں کی طرح۔ جب جی چاہے اشارے پر نچالو۔ آسانی سے بیوقوف بنالو۔ واقعات یہاں ہوں یا کہیں اور کوئی فرق نہیں پڑتا۔ مخالف جماعتوں کو جلوس سے کام ہوتا ہے۔ بھوپال گیس ٹریجڈی ہو یا بیلچی کانڈ یا روز روز ہونے والے رائٹ یا فساد ہوں۔ اب دیکھو پارٹیاں کیا کرتی ہیں غریب جنتا کی دکھتی رگ پر ہاتھ رکھ دیا اور بس اس کا فائدہ اٹھالیا۔ اس دھندے میں سب سے بڑا فائدہ یہ ہے کہ کوئی دن مندہ نہیں جاتا۔ روز روز کچھ نہ کچھ واقعات تو ہوتے ہی رہتے ہیں اور ان کا ردِعمل جلوس کی شکل میں سامنے آتا ہے۔ لوگ سوچتے ہیں جنتا جاگ رہی ہے۔ بیدار ہو رہی ہے۔ ان تحریکوں سے گرمی آگئی ہے ایسی کوئی بات نہیں ہے بس اپنا دھندہ چمکتا رہتا ہے۔

ابھی پچھلے سال الیکشن میں تو یہ دھندہ اور بھی چمک رہا تھا۔ اور دوسرا فائدہ ہے۔۔۔"

بھیم سین نے چائے ختم کرتے ہوئے کہا "لائم لائٹ میں آجانے سے لیڈر بننے کا موقع ملتا ہے پھر الیکشن کی بازی اپنے ہاتھ میں۔"

بھیم سین کی باتوں میں میری دلچسپی بہت حد تک بڑھ گئی تھی۔ کچھ سوچتے ہوئے میں نے پوچھا۔ "ایک آدمی کو کتنا دیتے ہوں گے آپ؟"

"ایک گھنٹہ بھونکنے کا دس روپیہ۔ پارٹی تگڑی ہوئی تو پندرہ اور بیس تک کے فائدے ہو جاتے ہیں۔ مگر وقت زیادہ دینا پڑتا ہے۔" بھیم سین نے اس بار غور سے میری طرف دیکھا۔ فرصت میں ہو تو میرے ساتھ شامل ہو جاؤ۔ کل مزدوروں کی طرف سے ایک بڑا جلوس نکالنا ہے۔ مطالبے کے لئے ڈی ایم کے یہاں بھی جانا ہے۔ اس دھندے میں آگے نکلنے کے بہت امکانات ہیں۔"

میں دیکھ رہا تھا۔ بھیم سین مجھے تول رہا ہے۔ بلی جیسی چمکنے والی اس کی آنکھوں نے ٹکڑے سونے کی طرح مجھے اپنی آنکھوں میں اُتار لیا ہے۔ صرف ایک گھنٹہ اور دس روپے۔ سودا بُرا نہیں ہے۔ ایسا سوچتے ہوئے اندر کے اس برائٹ فیوچر والے آدمی کو توڑتے ہوئے میں کس سطح پر اتر گیا تھا، یہ بس جان رہا تھا مگر اب میں نے ارادہ کر لیا تھا۔ میں بھیم سین کے ساتھ تحریکیں چلانے والے گروپ میں شامل ضرور ہو جاؤں گا اور میں شامل ہو بھی گیا تھا۔

پہلے دن کا تجربہ تو کچھ عجیب سا رہا۔ بہت سی جانی پہچانی آنکھوں کو اپنی طرف اُٹھتے ہوئے دیکھ کر کچھ عجیب سا ضرور لگا۔ مگر یہ سوچ کر خود کو چپ کرا لیا کہ لیڈر بننے کے لئے کچھ نہ کچھ ہتھکنڈے تو کرنے ہی پڑتے ہیں۔ گوپالی چوک، چتر ٹولی روڈ ہوتا ہوا جلوس اب ڈی ایم کے احاطے میں داخل ہو گیا تھا۔ چلاتے چلاتے آواز بھاری ہو گئی تھی۔ بھیم سین نے کئی بار مسکراتی آنکھوں سے میری طرف دیکھا۔ اب میرا کام ختم تھا۔ دس کا پتہ پکڑتے ہوئے تھوڑی کمزور چال سے بار بار ضمیر کی آواز کو بے بنیاد تسلیوں سے روکتے ہوئے بھیم سین کی آواز ہی برابر کانوں میں گونج رہی تھی۔ کل پھر ملوں گا۔ کل پھر ایک جگہ جانا ہے۔

کل ... روز کے دس روپے۔ یعنی مہینے کے تین سو روپے۔ روز کئی جلوس اٹینڈ کرو تو مہینے میں چھ سو روپے بھی بن سکتے ہیں یا پھر بھیم سین بن جاؤ تو مفت میں ہزاروں روپے کے فائدے ہیں مگر کھوکھلے بے سُرے نعروں میں تمام تر تسلیاں سو گئی تھیں۔ جاگ گئے تھے تو صرف سکے ... جو اس وقت میری جیب میں بج رہے تھے، جو ایک تھکے ماندے اپاہج قدم کو گھسیٹتے ہوئے گھر لے جا رہے تھے۔ پھر ایسا کتنی ہی بار ہوا جب ایک اپاہج آدمی کو نہ چاہتے ہوئے بھی اپنے اندر پناہ دینی پڑی۔ اندر کی تکلیف کا اندازہ تھا مجھے۔ جانتا تھا اب تسلیاں بیکار ہو گئی ہیں۔ مگر دوستوں کے ساتھ ندامت اور شرمندگی جیسی کوئی بات اب میرے ساتھ نہ تھی۔ ہاں اتنا ضرور تھا۔ اپنے کھوکھلے قہقہے اب خود ہی پہچاننے لگا تھا میں۔ دوستوں میں حاتم طائی جیسا رویہ رکھنے کے باوجود اپنے اندر کے بھیم سین کو پہچان گیا تھا۔ اب ساری باتیں جھوٹی معلوم ہو رہی تھیں۔ دوستوں کی بڑی بڑی باتیں اب انجانی سی لگنے لگی تھیں۔ اخبار، ریڈیو، ٹی وی کی کھوکھلی بے بنیاد اصلیت بھی اب پوری طرح سامنے آ چکی

تھی۔ ایک توازن چاہیے ہیں سب۔ اپنے آپ کی زندگی محسوس کرنے کے لئے بھی۔ ملک میں زندگی کی برقی کرن کے لئے بھی۔ توانائی محسوس کرنے کے لئے بھی۔۔۔ ہر طرف سے ہونے والی بے زبان کارروائیاں ہی دراصل زندگی ہیں، حرارت ہیں اور توازن کا رویہ بھی۔۔۔ سارا کھیل اسی کا ہے۔ میں سب کچھ جان رہا تھا اور جانتے ہوئے تھکے ہونے کا احساس اب پوری طرح مجھ پر حاوی ہو گیا تھا۔ شہر کا ایک سرگرم رکن ہونے کے باوجود اندر کے بے زبان جانور کی گالیاں بھی روز روز کھانے کا عادی ہوا جا رہا تھا۔ کتنی ہی کمیٹیوں سے جڑے ہونے کے باوجود اندر سے پوری طرح خالی ہونے کا احساس روز، ہی مجھے کروسی فائیڈ crucified کرنے کے لئے کافی ہوتا۔ دوستوں سے کیسے کہتا کہ اب چائے پلانے کے لئے پیسے تو ہیں میرے پاس، لیکن اب تم سے زیادہ نکما بن گیا ہوں۔۔۔ برائٹ فیوچر کے نام پر روز روز ہونے والے مکالموں سے جاگتے فریسٹریشن کے کیڑوں میں کچھ صداقت ہو یا نہ ہو۔۔۔ اندر کے جڑاؤ کا وہ احساس تو ضرور تھا جو ایک انرجی دیتا تھا خود کو۔۔۔ جو روز تھکے ہوئے آدمی کے لئے ایک ٹانک کی طرح تھا۔

آج تین دن ہو گئے تھے۔ اُس آمرن بھوک ہڑتال کے لئے، زندگی کی آخری سانس تک لڑی جانے والی اس کارروائی کے لئے جو بھیم سین کی طرف سے لڑ رہا تھا۔ اپنے آٹھ دوسرے دوستوں کے ساتھ۔ غریب مزدوروں کے لئے۔ ان کے حق کے لئے۔ مزدوروں کا لیڈر ہو گیا تھا۔ پیپرس میرا نام اُچھال رہے۔ ڈاکٹر دن میں دو بار چیک اپ کے لئے موجود ہوتا۔ بہت تھک گیا تھا۔ پہلی بار اپنے بے جان ہونے کا احساس بھی ہوا تھا۔ چکر آرہے تھے۔ بھیم سین نے بہت ہی موٹی رقم کا حوالہ دیا تھا۔ مگر اب اپنے ہی بنائے ہوئے جال کی مضبوط سلاخوں کا احساس ہونے لگا تھا۔ اندر کی جڑ۔ بس ایک دَم سے کمزور جان پڑ رہی تھیں۔ پانی اور پھلوں کے رس اتنے کافی نہیں تھے، جو اپنے ذریعے کھوکھلے کئے گئے آدمی کو مضبوطی دے سکتے ہوں۔ ایک ایک گھنٹے بعد وزن دیکھنے کا اوباؤ سلسلہ بھی جاری تھا۔ مجھے کچھ بھی یاد نہیں رہا۔ کتنے ہی دوست ملنے آئے۔ صرف خبر ملتی رہی۔ زاہد آیا تھا۔ جاوید سمن آئے تھے۔ سنجو بھی بہت دیر تک بیٹھا رہا۔ گھر سے بھی کتنے ہی لوگ مجھے دیکھنے آئے۔ بہت پہلے سمن کی ہی کہی گئی

ایک بات مجھے یاد آ رہی تھی۔ ان تحریکوں سے کسی کا بھلا نہیں ہو سکتا۔ بندی، ہڑتال، نعرے ملک کی جڑیں کمزور کرتی جا رہی ہیں ۔۔۔ یہ تحریکیں ـــــ ـــ بھیم سین مجھے دلاسہ دے رہا تھا۔ گھبراؤ نہیں خبر اچھی ہے۔ معاملہ آج ہی نمٹ جائے گا۔ آج آخری دن ہے۔ تمھارا وزن بہت ہی کم ہو گیا ہے۔ آج ہی ہماری مانگیں منظور کر لی جائیں گی۔

اور شام تک خبر بھی آ گئی۔ مانگیں منظور ہو گئی تھیں۔ کیمپ میں جشن من رہا ہے۔ باہر نعروں سے فضا بوجھل ہے۔ میں دیکھ رہا ہوں دُور تک سر ہی نظر آ رہے ہیں۔ کافی لمبی بھیڑ ہے۔ لوگ جوش و خروش کا مظاہرہ کر رہے ہیں۔ کچھ مزدور طبقے ہنستے گاتے ہوئے جیت کے جشن میں شامل ہو گئے ہیں ۔۔۔ صرف میں کٹ گیا ہوں۔ ہاں میں کٹ گیا ہوں۔ کمزور اور تھکا ہارا، چپ چاپ سر جھکائے ہوئے بے جان قدموں سے گھسیٹتے ہوئے گھر لے جا رہا ہوں ۔۔۔ کھوکھلے اور پارالائزڈ آدمی کو۔

زبان و ادب ۱۹۸۴ء

ہندی (ایتو)

◆◆

کان بندھے

پتہ ہی نہیں یہ ہنگامے کب سے ہو رہے تھے۔ ماسٹر رام چندر نے شروع شروع میں تو ان ہنگاموں سے خود کو بے خبر رکھا۔ جان بوجھ کر کان بند کئے رہے کہ بیکار کے معاملوں میں پڑنے سے فائدہ کیا ہے۔ جو معاملہ بآسانی بات چیت سے نبٹ جائے اس میں جھنجھٹ جھگڑے کا کیا کام۔ یوں بھی وہ ماسٹر تھے اور ان کا پیشہ اصول اور قانون کی بات کرنا تھا۔ بچوں کو قاعدے اور قانون کی تربیت دینا تھا۔ بچوں کے ساتھ ساتھ یہ تربیت وہ خود کو بھی دیتے آئے تھے کہ ہنس کر مسکرا کر بات چیت کرو۔ کوئی گالی بھی دے تو نرم رویہ اپناؤ۔ سادگی اور محبت سے سب کا دل جیت لو مگر ماسٹر رام چندر نے یہ بات کافی دیر میں جانی کہ ہر معاملے میں کان کو بند بھی نہیں رکھا جا سکتا۔ آتے جاتے و مل بابو جب قانون اور فوجداری کی بات کرنے لگے تو ماسٹر کو بھی اپنی نرمی میں تھوڑی سی سختی لانی پڑی۔ وہ ہر بات سہہ سکتے تھے مگر یہ نہیں کہ انھیں ٹیوشن پڑھنے والے بچوں کے سامنے شرمندہ کیا جائے۔ انھیں پڑھاتے وقت پریشان کیا جائے۔ باہر ہی اینٹ اور تختے پر بیٹھے ہوئے چھوٹے چھوٹے بچوں کو وہ پڑھا رہے تھے کہ جانے کہاں سے ومل بابو نکل کر آ گئے۔ ماسٹر نے ہمیشہ کی طرح ان کے آگے ہاتھ جوڑے، نمستے کیا، بچوں کو سبق یاد کرایا۔ پھر ومل بابو کو دیکھا جو آنکھیں لال لال کئے کھڑے رہے تھے۔

"تو اب تم نے میرے مکان کو بچوں کا اسکول بھی بنادیا ماسٹر۔ بہت من مانی کرنے لگے ہو۔ یہ سب نہیں چلے گا۔

"کیسی مَن مانی وِمل بابو؟"

"منہ مت لگو ماسٹر" وِمل بابو غصّے میں تھے۔ باپ دادا گھر کی جوٹھن چاٹا کرتے تھے۔ لڑکا ماسٹر بن گیا تو برابری اور اوقات پر اتر آیا۔

"وہ کل کی باتیں تھیں وِمل بابو اور فرق کہاں نہیں آیا۔ خود اپنے ملک میں دیکھ لیجئے۔"

ماسٹر نے ایک بار پھر نرمی کا سہارا لیا۔

"تو اب تم مجھے قانون بھی پڑھانے لگے ہو ماسٹر" وِمل بابو گرجے "یہ بتاؤ مکان کب خالی کر رہے ہو یا ہمیں قانون کا سہارا لینے کے لئے مجبور ہونا ہوگا"

"مکان خالی نہیں ہوگا وِمل بابو" اس بار ماسٹر بڑے اطمینان سے بولے "اس لئے کہ اب میں اسے اپنا مکان سمجھتا ہوں۔ اپنے مکان میں جیسے چاہوں میں رہ سکتا ہوں"

وِمل بابو گالیاں دیتے ہوئے واپس لوٹ گئے تھے۔ یہ مکان وِمل بابو کے حصّے میں تھا۔ آس پاس کی زمین بھی وِمل بابو کی ہی تھی۔ اور بغل والی کوٹھی میں وہ آج تک خاندان در خاندان رہتے آئے تھے۔ ماسٹر رام چندر نے بچوں کی طرف دیکھا جو ڈرے ڈرے اور سہمے سہمے انداز میں جاتے ہوئے وِمل بابو کو دیکھ رہے تھے۔ ایک دو بچے تو مارے خوف کے رونے بھی لگے تھے۔

"تم لوگ پڑھو بچو یا چھوڑو۔ آج رہنے دو۔ کل سے آنا"

ماسٹر نے بچوں کو چھٹی تو دے دی۔ مگر دل میں چبھے ہوئے کانٹے کو الگ نہ کر سکے۔ جو برابر انہیں پریشان کئے جارہا تھا۔ ٹھیک اسی وقت ماسٹر کی پتنی سیتا دیوی بہت سے گندے میلے کپڑوں کی تھال لئے کوٹھی کے گیٹ سے نکلتی ہوئی دکھائی دی۔ دیکھتے ہی ماسٹر کا پارہ چڑھ گیا۔

"کہاں سے آرہی ہو؟"

سیتا نے سر جھکا لیا "کپڑے دھونے گئی تھی۔ کوٹھی سے بلاوا آیا تھا"

"جانتی ہو۔ تم ایک ماسٹر کی پتنی ہو۔" ماسٹر رام چندر تقریباً چیختے ہوئے بولے...

"مگر یہ کام تو..."

"اب تمہیں کوٹھی جانے کی کوئی ضرورت نہیں ہے۔" ماسٹر رام چندر غصے سے بولے۔ ہم نے کوئی قرض کھایا ہے ان کا۔ نوکری ہمارے باپ دادے نے کی تھی۔ ہم نے تو نہیں کی۔ انھوں نے ساری زندگی نمک کا قرض اتارتے اتارتے ختم کر دی۔ اور کیا دیا ان لوگوں نے۔ یہ چھوٹا سا جھونپڑی نما مکان۔ کیا یہ بھی نہیں دیتے اور اب وہ مل بابو کہتے ہیں کہ یہ مکان بھی انہی کی ملکیت ہے۔"

"تو تم جھگڑا کرو گے؟" سیتا نے دبی زبان میں پوچھا۔

"نہیں۔ مگر جو حق بنتا ہے اسے چھیننے نہیں دوں گا اور ہاں سُن لو۔ کل سے تم وہاں کام کرنے نہیں جاؤ گی۔"

ماسٹر رام چندر اندر چلے آئے۔ صبح کے سات بج گئے تھے۔

ان کے دو چھوٹے لڑکے تھے اور ایک لڑکی تھی۔ سب سے بڑا لڑکا سات سال کا تھا اس پر سے ایک لڑکی تھی۔ اور اس کے بعد چھوٹا والا۔ اس وقت تینوں مٹی مٹی کا کھیل کھیلے جا رہے تھے۔ ماسٹر رام چندر نے غصے میں آکر تینوں کو زور کی چپت لگائی۔ تین پائے کے اسٹول کے پاس پڑی ہوئی پرانی کتابوں میں سے مہینوں پرانا اخبار نکال کر اسے پڑھنے بیٹھ گئے مگر پڑھنے میں دل نہیں لگا۔ سوال وہی تھا۔ اگر وہ مل بابو واقعی اپنی بات پر جم گئے تو؟ اور مکان خالی کروانے کی نوبت آگئی تو؟ اس پورے خاندان کو لے کر کہاں جائیں گے وہ ان چھوٹے چھوٹے بچوں کا کیا ہوگا۔ سیتا کا کیا ہوگا۔ مُڑے تُڑے اخبار کو لے کر وہ دونوں کمرے گھوم گئے۔ چھوٹا چھوٹا کمرہ۔ ایک کنھے سے بھی کم میں پھیلا ہوا گھر۔ باہر تھوڑا سا برآمدہ جہاں صبح سویرے انھوں نے چھوٹے چھوٹے بچوں کو ٹیوشن پڑھانے کا کام شروع کیا تھا۔ پرائمری اسکول کے ٹیچر کو ملتا ہی کیا ہے۔ تین بچوں کے دودھ میں ہی کتنا خرچ ہو جاتا ہے۔ ابھی سے پیسے نہیں جٹیں گے تو بڑی ہونے پر لڑکی کی شادی کیسے ہوگی۔ ماسٹر رام چندر کو بُرے دنوں کی ایک ایک گھڑیاں یاد تھیں۔ یہی تو محن تھا جہاں ان

کی دو پیڑھیوں نے زندگی گزاری تھی۔ بابو کی ہلکی ہلکی جھلک ذہن میں اب بھی موجود تھی۔ سب کچھ یاد تھا۔ وہ اسکول میں پڑھنے لگا تھا مگر پتاجی کو بابو اور ماں کو مائی کہہ کر بلایا کرتا تھا۔ اپنے خاندان میں پڑھنے والا وہ پہلا آدمی تھا۔ بابو دن بھر کوٹھی میں جھاڑو لگاتے۔ کھانا پکاتے۔ پیر دبانے میں لگے رہتے، تو مائی زمین کا پوچارا، لگانے، کپڑے دھونے اور دوسرے دوسرے کام میں مصروف رہتی۔ تھوڑا بہت کام تو بابو کے ساتھ مل کر وہ بھی کرتا رہتا۔ جیسے بازار جانا، سبزی ترکاری لانا۔ اسکول سے وقت نکال کر، دوڑ دوڑ کر وہ ڈھیر سارا کام کر دیا کرتا۔ بابو نے اس کو پڑھانے پر بہت زور دیا تھا۔ وقت نے سیاہ دنوں کی شروعات کر دی۔ پہلے مائی مری اور پھر بابو بھی رخصت ہو گئے اور اس کے بعد مکان کا یہ جھگڑا شروع ہو گیا۔ وہ تو اچھا ہوا کہ بابو کی زندگی میں ہی اسے نوکری مل گئی تھی۔ نوکری ملنے کے بعد پتہ نہیں کیوں یہ سب اسے اچھا نہیں لگتا تھا۔ اس نے کئی بار بابو کو سمجھانا بھی چاہا تھا اور ہر بار بابو ہنس کر ٹال گئے تھے۔ یہی کہتے رہے۔ انہی کے دروازے پر ساری عمر کٹی ہے۔ انہی کے چھت کے نیچے سہارا ملا ہے۔ ان کا نہیں تو کس کا کام کروں گا۔ بابو کے اس جواب کے آگے وہ کیا کہتا۔۔ کہ بابو ریٹائر تو ایک نہ ایک دن ہر آدمی ہوتا ہے۔ گورنمنٹ بھی بڑھاپے کا لحاظ کر کے پینشن دے دیتی ہے۔ تم پینشن نہیں لو گے بابو۔۔۔؟ مگر بابو جی نے پینشن نہیں لی۔ مرنے کو مر گئے، مگر وملّ بابو کے خاندان کے دیکھ ریکھ کی ذمہ داری اسے سونپ گئے، کہ اپنی ماسٹری پر ناز نہیں کرنا۔ تیرے پُرکھ بھی کوٹھی کے ملازم رہے ہیں۔ تھوڑا بہت کام کر دینے سے آدمی چھوٹا نہیں ہو جاتا ہے۔ خود نہیں تو بیٹی کو بھیج دیا کرنا۔ بابو کے وقت سے ہی سیتا بھی کام پر جانے لگی تھی۔ شروع شروع میں تو ماسٹر کو یہ سب بُرا ضرور لگا۔ پھر عادت بن گئی اور پھر اس نے خود سے سمجھوتہ بھی کر لیا کہ آخر ایک عمر گزری ہے یہاں۔ انہی کے سائے تلے پڑھا لکھا ہے۔ بڑا ہوا ہے۔ کوٹھی کا نمک کھایا ہے تو ساتھ بھی دے گا۔ اس لئے اس نے سیتا کو بھی کبھی منع نہیں کیا۔ جب بھی بلایا گیا اس نے سیتا کو بھیج دیا۔ شادی بیاہ جیسی تقریب میں تو وہ خود ہی بڑھ چڑھ کر سارا کام سنبھال لیتا۔ یہ سب کچھ تھا مگر پھر بھی۔ کبھی کبھی بُرا ضرور لگتا۔ اس لئے کہ اب وہ ایک ماسٹر تھا۔ اس کے بھی یار دوست تھے۔ سب کے سب کسی نہ کسی اچھے پیشے یا نوکری سے جڑے ہوئے تھے۔

ان سے ملتے ہوئے کچھ نہ کچھ اَٹ پٹا ضرور لگتا۔ یا پھر جب یہ گھر آتے اور سیتا گھر میں نہ ہو کر کوٹھی میں ہوتی۔ یا پھر اسی وقت کوٹھی سے کام پر آنے کا بلاوا آتا۔ غصہ تو ضرور آتا، مگر سیتا لوٹنے کے بعد اس درد کو ہلکا ضرور کر دیتی کہ جو سچ ہے اس سے انکار کیوں کرتے ہو؟ کیا ہے یہ سچ. کتنا کڑوا۔ کتنا زہر بھرا۔ پھر ماسٹر کو سب کچھ یاد آجاتا۔ ان کے ساتھ گزرا ہوا بچپن۔ تامچینی کے برتن میں پروسا ہوا کھانا۔ کبھی کبھی جوٹھن بھی۔ بچپن سے اس نے یہی سب دیکھا ہے۔ اور بابو جی نہیں پڑھاتے تو اس کڑوے سچ کو محسوس کرنے کے وہ لائق بھی نہیں ہوتا۔ بابو جی نے سچ مچ بہت بڑا تیاگ کیا ہے اور یہ تیاگ تو اسے بھی کرنا ہے۔ مگر نہیں۔ تیاگ کی نئی پریبھاشاؤں نے اسے اچانک دُنیاداری، قانون اور سچ سے آگاہ کر دیا تھا، جیسے اب وہ یہ سوچنے لگا تھا — کہ ماسٹر اگر یہ گھر تمھارا نہیں ہے تو یہ ملک بھی تمھارا نہیں ہے۔ دو پشتوں سے رہتے چلے آنے کے باوجود بھی اگر اس گھر پر تمھارا حق نہیں بنتا ہے تو پھر اس ملک کے جغرافیہ میں بھی تمھارے لئے کوئی جگہ نہیں ہے۔ یہ مُلک تمھارا نہیں ہے اور کیا ہے تمھارا اتہاس؟ کب آئے تم یہاں؟ کب بسے؟ کچھ معلوم ہے — نہیں تو پھر — — ؟

ماسٹر کی اُلجھن بڑھتی جا رہی تھی۔ اس دن وکیل صاحب کے یہاں بھی اس نے اسی سوال کو اُٹھایا۔ آنند ترپاٹھی جی محلے کے مشہور وکیل تھے۔ شام میں اسکول سے آنے کے بعد وہ آنند جی کے بچوں کو پڑھانے جایا کرتا تھا۔ وکیل صاحب بھی کافی تیز آدمی تھے۔ دُنیا بھر کی باتوں کی خبر رہتی۔ مگر کے اس مسئلے پر وہ بھی چونک گئے۔

"ہاں یہ بات تو ہے۔ وہ گھر تو تمھارا نہیں ہے۔ وِمل بابو کے دادا نے وہ زمین تمھارے دادا کو رہنے کے لئے اس لئے دی تھی کہ پشتہا پشت سے وہ لوگ ان کے یہاں کام کرتے آرہے تھے۔ یعنی کئی پشتوں کی خدمت کی تھی۔ اور یہ گھر اس وقت ایک طرح سے سرونٹ کوارٹر کے طور پر استعمال ہوتا تھا۔"

پھر آنند بابو نے کچھ سوچتے ہوئے پوچھا "اچھا یہ بتاؤ ماسٹر کہ وِمل بابو کے دادا نے وہ مکان دیتے وقت کچھ لکھا پڑھی بھی کی تھی یا یونہی دے دیا تھا؟"

"لکھا پڑھی؟"

ہاں جیسے ان کے اپنے ہاتھ سے لکھا ہوا کاغذ کہ وہ یہ زمین تمہارے دادا کے نام کرتے ہیں۔ اس طرح اس کاغذ کی قانونی حیثیت ہو جاتی۔

ماسٹر رام چندر کو ہنسی آگئی۔ آپ بھی کمال کرتے ہیں آنند بابو۔۔ اس زمانے میں اتنا لوگ سوچتے کب تھے۔ قوج داری اور مقدمے کی باتیں تو اب شروع ہوئی ہیں۔ اس زمانے میں بھروسہ کیا اور زبان دے دی۔ خوش ہوئے اور مکان دے دیا۔ میں سوچتا ہوں یہ بھی تو ایک طرح کا پنشن ہی تھا۔ ایک مشت روپے کی جگہ مکان ہی دے دیا۔ جیسے گورنمنٹ اپنے ملازموں کے مستقبل کی ذمہ داری اپنے سر لیتی ہے ویسے ہی میں سمجھتا ہوں کہ پُرانے زمانے کے رؤسا بھی اپنے ملازموں پر کبھی کبھی بہت مہربان ہو جایا کرتے تھے۔۔

"کاغذ نہیں تو کچھ بھی نہیں" آنند بابو نے اپنا فیصلہ سُنا دیا "مقدمے میں ان لوگوں نے اُلجھا دیا تو کیا کر سکو گے ماسٹر۔ کنگال کر دیں گے تمہیں۔ آج ہر کام لکھا پڑھی سے ہوتا ہے۔ تمہیں وہ مکان تو۔۔۔"

"وہ میرا مکان ہے" ماسٹر رام چندر مضبوط آواز میں بولے "دو پشت سے ہم یہاں رہتے آئے ہیں۔ مجھے ملا کر تین پشت ہو جاتی ہے۔ کیا تین پشتیں کافی نہیں ہیں ایک مکان میں حق دلانے کے لئے۔ تین پشتوں سے یہ مکان ہمارے حصے میں رہا ہے اب اسے چھوڑنے کا سوال ہی پیدا نہیں ہوتا۔"

ماسٹر رام چندر اس دن گھر تو لوٹ آئے مگر تھکان حاوی رہی۔ پُرانی تہذیب سے اب تک نہیں کٹ سکے تھے وہ۔۔۔ آتے ہی بچّوں کو دھون دیا۔ کس کر پٹائی کر دی۔ اندر تکلیف ہو تو درد نکالنے کا آسان طریقہ ہے یہ۔ برسوں سے یہی دیکھتے آئے تھے۔ بابو جی وغیرہ بھی تو یہی کیا کرتے تھے۔ اور اب۔ وہ بھی اس پرمپرا (روایت) سے نہیں کٹ سکے تھے۔ بچّوں کو مار نے پیٹنے کے بعد باہر نکلے۔ سامنے ہی کوٹھی تھی۔ آس پاس جتنے ہی نئے مکان اُٹھ گئے تھے۔ پُرانے مکان ایک ایک کر کے شہر سے ختم ہوتے جا رہے تھے، جو بچے کھچے مکان تھے وہ بھی لائبریری، بینک یا گورنمنٹ آفس میں تبدیل ہو چکے تھے۔ باقی مارکیٹ بن گئے تھے۔ اور وِمل بابو بھی یہی چاہتے تھے کہ وہ حصّہ جس میں رام چندر کا

خاندان رہتا تھا۔ باہر کا حصہ تھا۔ وہ باہر کے اس حصہ کو توڑ کر مارکیٹ بنا دینے کے حق میں تھے۔ آخر سب لوگ یہی کر رہے تھے اور فائدے کا سودا بھی یہی تھا مگر ماسٹر رام چندر کو کسی بھی طور پر یہ بات پسند نہیں تھی۔ وہ اس مکان کو اب دمل بابو کا مکان ماننے کو تیار ہی نہ تھے۔

دوسرے دن کوٹھی سے خبر آئی "سیتا کام کرنے کیوں نہیں آئی۔ بہت ضروری کام ہے۔"

یہ خبر دمل بابو کا چھوٹا لڑکا چندر لایا تھا۔ چندر کو غور سے دیکھا ماسٹر نے۔ دیر تک دیکھتے رہے۔ پھر بڑی مٹھاس سے بولے۔

"بغل سے سگریٹ لے آؤ گے چندر؟"

"نہیں۔" چندر رعب سے بولا۔

ماسٹر بھانپ گئے۔ اس چھوٹے سے لڑکے میں بھی خاندانی پن پورا پورا موجود ہے۔ خود کو جوڑتے ہوئے رام چندر سے بولے۔

"تو پھر جاؤ۔ سیتا بھی نہیں جائے گی تمہارے گھر۔ اور کہہ دینا۔ اب کام بھی نہیں کرے گی۔"

چندر حیران حیران سا ماسٹر کو گھورتا ہوا آگے بڑھ گیا۔ سیتا نے باہر نکل کر پوچھا۔

"ایسا کیوں کیا۔ مجھے جانے دیا ہوتا۔"

"نہیں۔" ماسٹر کے ہونٹ مسکرا اٹھے۔ "تم نہیں جانتی۔ برسوں بعد مجھے سکون ملا ہے آج۔"

"بچے کو ڈانٹ کر۔ دمل بابو آ گئے تو؟"

"آنے دو۔" ماسٹر کو اطمینان تھا۔ "انھیں بھی یہی جواب ملے گا۔"

اور اس دن دوپہر ہوئی۔ شام ہوئی۔ مگر دمل بابو نہیں آئے۔ ہاں بلاوہ کئی بار آیا۔ جب تک وہ گھر میں موجود رہے ہر بار انکار کروا دیا۔ آج اسکول بھی نہیں گئے تھے۔ سر کے درد کا بہانا بنا دیا تھا۔ پھر شام ہوتے ہی آنند بابو کے گھر ان کے لڑکے کو پڑھانے چل دیئے۔

آنند بابو باہر ہی تھے۔ لان میں کرسی نکلی ہوئی تھی۔ ہاتھ میں اخبار دبا ہوا تھا۔ دیکھتے ہی بولے۔

"آؤ ماسٹر آؤ۔ ابھی تمہارے بارے میں ہی سوچ رہا تھا۔"

"میرے بارے میں؟" رام چندر کو حیرت ہوئی۔

"ہاں تمہارے بارے میں۔ اب دیکھو نا شری لنکا کا مسئلہ بھی کچھ ایسا ہی ہے۔ تاملیوں کے خلاف جس طرح وہاں ہنگامے ہو رہے ہیں اسے تم کیا نام دوگے۔ بنگلہ دیش میں ہزاروں بہاری آج تک مہاجر بنے ہوئے ہیں۔ اس لئے کہ پاکستان نے اپنا وعدہ آج تک نہیں نبھایا اور پھر آسام کا مسئلہ لو۔ میں سوچتا ہوں باہر سے آئے ہوئے لوگ پشت در پشت بس تو گئے مگر کتنے لوگوں کو شہریت کے حقوق ملے۔ ہنگاموں، فساد، دنگوں سے بھاگا ہوا ایک شخص کسی غیر ملک میں آتا ہے۔ پناہ لیتا ہے۔ بستا ہے۔ ایک خاندان بناتا ہے اور اپنی پوری زندگی ختم کر دیتا ہے۔ کیا اتنا کافی نہیں ہے اسے اور اس کے بچوں کو شہریت کے حقوق دلانے کے لئے۔ کتنے لوگ ہیں جنہیں ووٹ ڈالنے کی آزادی ملی۔ سچ پوچھو تو یہ مسئلہ بھی تمہارے چھوٹے سے گھر کے پیدا ہونے مسئلے سے کہیں نہ کہیں سے ضرور جڑا ہوا ہے۔"

آنند بابو نے ٹھنڈی سانس بھرتے ہوئے کہا۔ "اس لئے میں سوچتا ہوں کہ کوئی شخص اگر سب کچھ چھوڑ چھاڑ کر آگیا۔ بس گیا تو اسے وہ گھر ملنا چاہیئے۔ وہ ملک ملنا چاہیئے۔ اب یہی دیکھو نا۔۔ آج کی اوسط عمر کیا ہے۔ پچاس برس، زیادہ سے زیادہ ساٹھ برس۔ اگر بیس سال رہنے کے بعد بھی اسے شہری یا مالک مکان نہیں کہا جا رہا ہے تو یہ خوش نصیبی کیا اسے ساری زندگی سے حاصل نہیں ہوگی؟"

"یہی تو میں کہتا ہوں۔ اب چوتھی پشت آگئی ہے میری۔ کیا چار پشتیں کافی نہیں ہیں۔"

"یہ رہی سوچ وچار کی بات۔" آنند بابو اچانک پلٹ گئے تھے۔ "اور سچ پوچھو تو چار پشتیں کیا دس پشتیں بھی کافی نہیں ہیں۔ بات مقدمے کی ہے اور قانون لکھا پڑھی کے کاغذ کو مانگتا ہے اور تمہارے پاس سب کچھ زبانی ہے۔"

"اس کا مطلب ہم ابھی سے ہار گئے ہیں۔"

"نہیں ہارے نہیں۔ قاعدے کے لحاظ سے تو وہ مکان تمہارا ہی ہے۔ مگر حق قانونی

پیچیدگی بھی تو کوئی چیز ہے۔"

نظر جھکالی تھی آنند بابو نے۔ اور آنند بابو کے بچوں کو پڑھاتے وقت ماسٹر رام چندر اتنا ضرور سوچ رہے تھے کہ آنند بابو محض اخبار ہیں، جو جھوٹی سچی ہر طرح کی خبریں شائع کرتا ہے، مگر جو اپنی سطح پر ایماندار بہت کم ہوتا ہے۔ آنند بابو اخبار سے زیادہ نہیں ہیں۔ بچوں کو پڑھا کر گھر لوٹے تو معلوم ہوا سیتا ابھی ابھی کوٹھے سے لوٹی ہے۔ مالکن خود آئی تھیں اسے بلانے کے لئے۔ سیتا نے اسے دیکھتے ہی آنکھیں جھکالی تھیں۔

ماسٹر کو اچانک غصہ آگیا۔" ... ح ... رام ... جا ... دی۔"

" ان لوگوں نے کئی بار بلوا بھیجا۔ مالکن خود بھی آئی تھیں۔"

" ملکینی کی نوکرانی ہے تو۔ پُرانی پرمپرا کا آدمی پھر اُتر آیا تھا ماسٹر کے اندر۔ کچھ شرم نہیں آتی۔ اسکول ٹیچر کی پتنی ہو کر پرائے گھر میں کام کرنے جاتی ہے۔"

" وہ مالک ہیں۔"

" چوپ ... ح ... رام ..."

ماسٹر رام چندر غصے میں آگ بگولا ہو گئے تھے۔ بچے ڈر کے مارے کواڑ کے پیچھے چھپ گئے۔ پتنی کو مار پیٹ کر کمرے میں آکر چپ چاپ کھاٹ پر لیٹ گئے ماسٹر۔ سانس لمبی لمبی چل رہی تھی۔ یہ کیا کر دیا اس نے؟ شاید ایک بار پھر پُرانی تہذیب سے جڑنے کی کوشش کی ہے۔ ہانپ رہے تھے ماسٹر۔ پوری طرح سے اب تک شانت نہیں ہو سکے تھے پھر سب کچھ صاف ہو گیا۔ آنند بابو کی دو رُخی باتیں، معاملے کی پیچیدگی، بچوں کو پڑھا کر لوٹتے وقت اس نے ایک جھٹکے سے دیکھا تھا۔ وِمل بابو، آنند بابو کے احاطے میں داخل ہو رہے تھے۔ کیا وہ یہ بازی ہار جائے گا؟ شاید یہی چڑچڑاپن تھا جو پتنی پر غصہ بن کر ٹوٹ پڑا تھا۔ کیا سچ مچ یہ گھر خالی کرنا ہوگا؟ کیا خود سے سمجھوتا کرنا ہی اس کے حق میں بہتر ہوگا۔ سیتا کو کام پر جانے دیا ہوتا۔ وِمل بابو سے ٹکر نہیں لی ہوتی۔ مگر نہیں ...

ماسٹر رام چندر اچانک بستر سے اُٹھ کھڑے ہوئے تھے۔ اب وہ مطمئن تھے۔ یہ بازی انھیں کوئی نہیں ہرا سکتا۔ وہ یہ بازی جیت چکے تھے۔

دوسرے دن صبح میں جب وِمل بابو کے زور زور سے دروازہ پیٹنے کی آواز آئی تو ماسٹر کو کچھ بھی عجیب نہیں لگا۔ وہ جانتے تھے۔ وِمل بابو کو تو آنا ہی تھا۔ آنکھیں ملتے ہوئے باہر آئے ماسٹر۔

"کیا بات ہے؟"

وِمل بابو دہاڑتے ہوئے بولے "تو بڑا بننے لگا ہے ماسٹر پتنی کو کام پر نہیں بھیجے گا۔ حیثیت اور اوقات کی بات کرنے لگا ہے۔"

"میری پتنی اب کسی کے بلاوے پر بھی کام کرنے نہیں جائے گی" ماسٹر نے بھی اپنا دوٹوک فیصلہ سنادیا۔ وِمل بابو کو بھی تاؤ آگیا۔ "پرانے دن بھول گیا ماسٹر۔ بیوی کام نہیں کرے گی۔ بچے بوجھ نہیں ڈھوئیں گے اور سانپ کی طرح تو میرے گھر پر قبضہ جمائے رہے گا۔"

"میں کہتا ہوں یہ مکان میرا ہے۔ ماسٹر رام چندر کو بھی غصہ آگیا تھا۔ میں پھر کہتا ہوں وِمل بابو دوبارہ مکان کے بارے میں کچھ بھی بولنے سے پہلے سوچ لیجئے گا۔ ہزار بار کہہ چکا ہوں۔ آپ کے دل میں جو آئے کیجئے۔ مگر یہ مکان میرا ہی رہے گا۔"

"تو آگئے اپنی اوقات پر" وِمل بابو نے گہری سانس بھری "تو سنو ماسٹر۔ وکیل سے میری بات چیت ہو چکی ہے۔ سمجھ لو میں نے تم پر مقدمہ کر دیا ہے۔ اس مکان کے خلاف" اور پھر وہ ہوا کہ وِمل بابو بھی چونک گئے۔

ماسٹر جیسے اسی جواب کی توقع کئے بیٹھے تھے۔ زور زور سے قہقہہ لگاتے ہوئے بولے۔ "تو وِمل بابو آپ جانتے ہیں۔ مقدمہ بھی ایک طرح کی جنگ ہے جو برابری والوں سے ہی لڑی جاتی ہے۔ اب میں بھی آپ کی برابری میں ۔ ۔ ۔"

ماسٹر ہنسے جا رہے تھے۔ برسوں سے ان کے باپ دادا وِمل بابو کے گھر کی ملازمت کرتے آئے تھے۔ اب اس معاملے نے اچانک انھیں وِمل بابو کی برابری میں لا کھڑا کیا تھا۔

آجکل ۱۹۸۶ء ◆◆

جلاوطن

پتہ ہی نہیں یہ کون اندر سے بار بار چیخ رہا ہے۔ تنبیہہ کر رہا ہے۔ ڈرا رہا ہے۔ اپنے ہی لفظوں کا زہر پوری عمارت کو ریزہ ریزہ کرنے کے لئے کافی ہے۔ رماکانت! تم جلاوطن کر دیئے گئے ہو۔ تم جلاوطن کر دیئے گئے ہو رماکانت۔ اب وہ راجہ مہاراجاؤں کا زمانہ تو نہیں رہا جب ملک سے غداری کا جرم ثابت ہوا اور عدالتِ عالیہ بھری مجلس میں انصاف کا فرمان تمہارے نام جاری کر دے۔ اب کسی ایسی عدالتِ عالیہ کا قیام نہیں ہے۔ اس کے باوجود رماکانت! ایک شہری کی طرح تم ہر وقت میرے سامنے رہے ہو۔ تمہاری حرکات وسکنات سب پر میری نظر رہی ہے۔ تم کیا کرتے رہے ہو اور کیا نہیں۔ میں سب کچھ اب تک بند آنکھوں سے دیکھتا رہا ہوں اور رماکانت، اب دیکھنے کی حد بھی ختم ہو چکی ہے اور اب میں۔ ہاں میں۔ تمہارے اندر ہی کسی گوشے میں بسنے والا یہ آدمی تمہارے نام یہ فرمان جاری کرتا ہے:

کہ رماکانت! تمہیں جلاوطن کیا جاتا ہے۔

تم جلاوطن کر دیئے گئے ہو۔

تمہیں پتہ ہے تم کہاں جاؤ گے؟

کنپٹیاں لال سُرخ ہو گئی ہیں۔ پسینے میں شرابور ہو گئے ہیں رماکانت۔ اندر سے

اٹھنے والی یہ کیسی آواز ہے۔ کیا، کیا ہے انھوں نے ؟ جس کی وجہ سے ان کے اندر بیٹھا ہوا آدمی انھیں دیش نکالا دے رہا ہے۔ کیا قصور ہے ان کا ؟ کمزور ہاتھوں سے لاٹھی پر گرفت مضبوط کی۔ مگر جائیں گے کہاں ؟ نڈھال قدموں سے بیٹے اور بہو کے کمرے کی طرف چل دیئے۔ ہاں جلتی ہوئی آنکھوں نے انھیں دیکھ کر منہ پھیر لیا تھا۔ بیٹا کسی رسالہ کے ورق گرداں کرنے لگا تھا۔

کچھ دیر تک وہاں کھڑے رہے رما کانت۔ اندر کیا کیا گزر رہی ہے مگر زیادہ دیر تک کھڑے نہیں رہ سکے۔ پھر آگے بڑھ گئے۔ اندر کشمکش اب بھی جاری ہے اور اب تک اندر چلنے والی اس دُہری لڑائی کو وہ کوئی نام نہ دے سکے تھے اور کیا نام دیتے۔ آزادی کے بعد تو اتنے سارے گمبھیر مسئلوں نے ایک ساتھ جنم لیا ہے کہ انھیں چیرتے پھاڑتے ہوئے کبھی کبھی دُکھ ضرور ہوا ہے اور کسی نہ کسی انجانے گوشے سے یہ آواز ضرور آئی ہے کہ ان مسئلوں سے خود کو الگ کر کے رما کانت تم غداری کا ثبوت دے رہے ہو۔ کندھے ایک بار پھر جھک جاتے۔ کمزور آدمی کی حکومت سے لڑائی ہی کتنی ہوتی۔ مگر یہ لڑائی حکومت سے نہ تھی، وطن سے نہ تھی، بلکہ اپنے آپ سے تھی اور ہر بار رما کانت آئینے میں اپنی بزدلی کا چہرہ دیکھ کر ڈر جاتے۔

ایسا پہلے تو نہیں تھا رما کانت۔ مگر اب ؟

خبروں کو چیرتے پھاڑتے ہوئے جب تم پورے قصاب بن جاتے ہو تو لگتا ہے تم اس ملک کے شہری نہیں ہو، یا اس ملک سے تمہارا دُور کا واسطہ نہیں ہے۔ تم ایک ٹوٹے پھوٹے گھر میں نظر آتے ہو اور کبھی کبھی لگتا ہے اس ٹوٹے پھوٹے گھر کو بھی تم پوری طرح برباد دیکھنا چاہتے ہو۔ خبروں کو چیرتے پھاڑتے ہوئے جب تم پورے قصاب بن جاتے ہو تو ایسا ہی لگتا ہے۔

نہیں ۔۔۔ کمزور جسم کی پوری عمارت کانپ گئی تھی۔ بڑکی کے سامنے اسی طرح سر جھکائے کھڑے ہو گئے۔ بڑکی اپنے شوہر سے لڑ کر بھاگ آئی تھی اور اب اس گھر میں اپنا حصّہ مانگ رہی ہے۔

"چھوٹا آیا ہے ؟" آہستہ سے پوچھا رما کانت نے۔

"نہیں"۔ بڑکی آج غصہ میں تھی۔ "اُسے کو آوارہ گردی سے فرصت ملے تب تو گھر آئے"۔

"ٹھیک ہے"۔

رما کانت آگے بڑھ گئے۔ اپنے آپ سے فرار کا اور کوئی راستہ دکھائی نہیں دے رہا تھا۔ اپنے آپ کو سمجھا پانے والی ہر کارروائی دَم توڑ گئی تھی۔ اندر سے اٹھی ہوئی چیخ کا سامنا کرنے میں بھی ہر لمحہ وہ خود کو کمزور اور معذور محسوس کر رہے تھے۔ پتہ نہیں کب کیسے برسوں پرانا آفس فائلوں میں گھرا ہوا رما کانت انہیں دِکھ جاتا، جسے اُس کے دوست احباب کام میں معروف دیکھ کر چھیڑ رہے ہوتے۔

"تم نے سُنا رما کانت۔ امریکہ بم برسانے والا ہے"

"بم!" رما کانت کے ہوش و حواس پر یہ خبر بجلی کی طرح گرتی۔ بدحواس سا وہ اپنے دوستوں کا چہرہ دیکھنے لگتا۔

"کب کی بات ہے؟"

"آج کی خبر ہے پیارے۔ سب کچھ ختم ہو جائے گا"

"نہیں، ابھی تو میرے کسی بچے کی شادی بھی نہیں ہوئی"

رما کانت کا چہرہ پیلا پڑ جاتا تو دوست یار قہقہہ مار کر ہنس پڑتے "یو تو اتنا کٹا رہتا ہے ملک سے۔ ملک میں ہونے والی خبروں سے کہ کبھی کبھی لگتا ہے تو اس ملک کا شہری ہی نہیں ہے۔ ہر بات پر آنکھیں موند کر بھروسہ کر لیتا ہے۔ آخر ایسا کیوں ہے رما کانت؟"

"بھائی" رما کانت فائلوں سے سر اُٹھا کر کہتا۔ "ان کاغذات سے اتنی فرصت نہیں ملتی کہ اخبار پڑھ سکوں، ریڈیو سُن سکوں۔ دفتر کے بعد بھی یہی کاغذات مجھے ساری ساری رات تنگ کرتے رہتے ہیں اور گھر جا کر گھر کی فکر مجھے اتنا موقع نہیں دیتی کہ ان خبروں کے لئے وقت نکال سکوں، کچھ پوچھ سکوں"

"تو عجیب آدمی ہے رما کانت"

دوست مسکرا اُٹھتے اور وہ پھر سے فائلوں میں کھو جاتا۔ سرکاری کاغذات پر نظریں

دو ٹنے لگتیں۔ ٹائپ رائیٹر مشین کی کھٹ کھٹ گونجنے لگتی۔ آفس اور آفس سے گھر۔ یہی تو زندگی تھی رماکانت کی۔ اس سے ہٹ کر وہ کچھ سوچتا بھی کیسے، پڑھتا بھی کیسے جو کچھ سامنے ہو رہا ہے بس اسے ہی دیکھتا رہتا۔ بغیر کسی تجزیے کے۔ لوگ تو خوب باتیں کرتے۔ آفس میں بھی سارا کام چھوڑ کر اُن کے پاس باتیں رہ گئی تھیں۔ اُس نے کبھی دھیان نہیں دیا۔ بس ان باتوں سے اس نے یہی نتیجہ نکالا کہ ملک ٹوٹ رہا ہے اور اس ناسمجھی پر وہ خود بھی مسکرا اٹھتا۔ بھلا ملک ٹوٹنے کا کیسے۔ اتنی تپسیا کے بعد تو آزادی ملی ہے اور آزادی سے پہلے کا زمانہ اُس کی نگاہوں میں گھوم جاتا۔ نوجوانی کے مضبوط ہاتھوں کی مٹھیاں بھنچ جاتیں۔ ان آنکھوں نے کیا کیا نہیں دیکھا تھا، مگر اب یہ سفر آفس اور آفس سے گھر تک محدود ہو گیا تھا۔ بڑکی اب بڑی ہو رہی تھی۔ بڑا اب کام کی تلاش میں اِدھر اُدھر بھٹک رہا تھا اور چھوٹا کمسنی کے کاندھے پر آوارہ گردی کا بوجھ ڈھو رہا ہے۔ رماکانت کو اپنے کندھے بڑے کمزور لگتے۔ پھر چھوٹی سی زندگی میں ایک اور طوفان آیا۔ جب بیوی گذر گئی، کندھے اور جھک گئے۔ چشمے کا نمبر بڑھ گیا۔ آفس میں فائلوں کی تعداد بڑھ گئی۔ آنکھوں کے آگے مٹمیلا اندھیرا چھا گیا۔ کتنے چہرے اوجھل ہو گئے۔ کتنے چہرے گزرتے وقت کے ساتھ دھندلا گئے۔ بڑکی کی شادی ہو گئی۔ بیٹا اپنی پسند کی بیوی لے آیا۔ زندگی کی جنگ میں شاید اپنا حصہ بہت کم ہوتا ہے گھر کے بارے میں سوچتے ہوئے اس نے کبھی اپنے بارے میں نہیں سوچا، مگر یہاں تو خود مختاری کی فضا تھی اور اس فضا سے سمجھوتہ کرنا ہی بوڑھے بیمار باپ کے حق میں بہتر تھا۔

پتہ نہیں وقت کیسے گذر جاتا ہے اس کا احساس ہی نہیں ہوا رماکانت کو۔ اس کے ریٹائر ہونے میں صرف ایک دن رہ گیا تھا اور وہ دن اس کی زندگی کا خاص دن تھا۔ کوئی اُداس نہیں تھا۔ کسی کی آنکھوں میں ساتھ ساتھ جینے والا کوئی لمحہ نہ تھا۔ اس کے برخلاف سب خوش نظر آرہے تھے۔ ان کے ساتھ ساتھ کام کرنے والے تھے۔ سب نے اس کے ریٹائر ہونے پر خوشی منائی۔

مجھو، جو اس کی زندگی سے نکل گیا وہ بہت خوش قسمت ہے۔

"تم بہت خوش قسمت ہو رماکانت۔"

رگھو چودھری اس کے پاس بیٹھ گئے تھے "کل تمہارے سامنے ایک ایسی کھلی فضا ہوگی رما کانت، جہاں آفس کی غلامی نہیں ہوگی۔ سب کچھ تمہارا ہوگا۔ پورے لمحوں پر تمہارا حق ہوگا اور ہاں —— تم خبروں کو چیرنے پھاڑنے کے لئے بھی پورے آزاد ہوگے۔"

"مطلب؟" وہ چونک گیا تھا۔

اس پر ایک زبردست قہقہہ پڑا۔

"میرے معصوم دوست! خالی وقت میں اور کیا کروگے۔ یوں بھی ہندوستان کا بچہ بچہ اب تو پالیٹیشین ہوگیا ہے۔ خالی وقت میں تمہیں کتنے ہی خالی دوست مل جائیں گے، جن کے ساتھ مل کر تم بھی خبروں کے مریل جانور کو ذبح کرنے میں لگ جاؤگے۔"

رگھو چودھری قہقہہ مار کر ہنس پڑے۔ اب امریکہ بم نہیں گرائے گا رما کانت۔ پورا ہندوستان تمہارے سامنے ہوگا اور پورا ہندوستان ہی کیوں پوری دنیا تمہارے سامنے ہوگی اور خالی وقت کا احساس دنیا میں پلنے پکنے والے مسئلوں کے تمہیں قریب کرے گا پھر تمہیں جی بھر کے آزادی ہوگی تھوکنے کی، قے کرنے کی۔ اس سے زیادہ ایک ہندوستانی کا اور کوئی فرض نہیں بنتا ہے۔"

رگھو چودھری ہنس رہے تھے۔

رما کانت اچانک سکتے میں آگئے تھے۔ موٹے شیشے والی عینک سے دوستوں کے دھندلاتے چہروں کو غور سے دیکھا۔ کچھ سمجھنے کی کوشش کی۔ پھر دوپہر ہوئی۔ الوداعی پارٹی ہوئی اور گھر آگئے اور سچ مچ آزاد ہوگئے۔

آزادی کا پورا ایک ہفتہ سچ مچ بڑا عجیب ثابت ہوا۔ شاید اس درمیان بھی وہ دفتر سے نہیں کٹ سکے تھے۔ گھر میں جی نہیں لگتا تو اُٹھ کر کھانے کی پوٹلی کے ساتھ دفتر چلے جاتے، مگر اب وہاں کس کا اتنا دماغ تھا جو ایک ریٹائرڈ آدمی کے لئے وقت نکال پاتا۔ سب اپنے اپنے کام میں مصروف ہوتے اور رما کانت سارا سارا وقت گذار کر شام کو تھکے ہارے گھر واپس آجاتے۔ ایک لمبی عمر آفس کی نذر ہوئی تھی۔ پڑوسیوں سے بھی تو کبھی وہ ٹھیک سے نہیں مل پائے تھے۔ کبھی کبھی کسی تقریب، شادی بیاہ یا کسی تیوہار کے موقع پر ملنا جلنا ہوتا،

مگر اب اُن کے پاس وقت ہی وقت تھا۔ آس پاس کے کتنے ہی لوگ اُنہی کی صف میں شامل تھے۔ وہ لوگ وہیں انھیں بُلاتے۔ پھر وہ کاشی جی کے گھر بیٹھنے لگے، جہاں صمد بھائی، جسونت سنگھ اور شیامل ناتھ بھی آیا کرتے۔ سارے کے سارے عمر کے آخری زینے پر کھڑے تھے۔ تھوڑی دیر تک تو اِدھر اُدھر کی باتیں ہوتی رہتیں پھر سب اپنے فارم میں آجاتے۔ نشانہ صمد بھائی کی طرف بھی ہوتا۔ جسونت سنگھ چونک جاتے۔

کاشی گنگا رام پوچھ رہے ہوتے۔ "صمد بھائی، کیا آپ بھی مان کر چلتے ہیں کہ دہشت پسند سکھوں کو ہتھیار باہر سے مل رہا ہے؟"

"کچھ حد تک تو میں بھی مان رہا تھا، مگر اب ......" صمد بھائی کہتے کہتے ٹھہر جاتے ہیں۔

رما کانت غور سے صمد بھائی کو دیکھتے ہیں۔

"مگر اب کیا؟" جسونت سنگھ اپنی پگڑی برابر کرتے ہیں اور ساتھ ہی ٹھٹھا مار کر ہنستے ہیں "ہمیں تو کچھ بھی بولنے کی آزادی نہیں ہے بھائی۔ رما کانت تم ہی کہو۔ کیا کہتے ہو؟"

"جو ہو رہا ہے وہ اچھا نہیں ہو رہا ہے۔ یہ نہیں ہونا چاہیے۔ ہم سب برابر ہیں۔ برابر کے بھائی۔ مار پیٹ، فساد دنگے اچھی چیز نہیں ہیں۔"

اپنی سمجھ کی بات کرتے ہیں رما کانت۔

کاشی جی پھر دوسری دوسری خبروں کو لے کر اُلجھ جاتے۔ رما کانت بس اتنا سوچتے۔ یہ کیا ہو رہا ہے۔ ملک میں بلکہ پوری دُنیا میں۔ اور وہ اب تک ان باتوں سے انجان رہے۔ کچھ خبر ہی نہیں ہوئی۔ تقسیم کے بعد ملک اپنے ہی لوگوں کے نیا پا نچا میں اُلجھتا رہا ہے۔ ایسے میں بس رگھو چودھری کے قہقہے سُنائی دیتے۔ تم آزاد ہو رما کانت۔ تھوکنے کے لئے بھی، قے کرنے کے لئے بھی۔ خبروں کا زہر نگلنے کے بعد بس یہی ایک راستہ بچ جاتا ہے۔ اس سے زیادہ ایک ہندوستانی کا اور کوئی فرض نہیں بنتا۔

تھکے ہارے گھر لوٹنے کے بعد رگھو چودھری کا یہی جملہ برابر ان کے کانوں میں بجتا رہا۔ اپنا وجود انھیں ایک قصاب کی طرح لگتا، جس کے ہاتھوں میں ایک چھُری ہے اور گوشت کے ٹکڑے اس کے سامنے پھیلے ہوئے ہیں اور اُنھیں بے دردی سے وہ کاٹتے

پچلے جارہے ہیں۔ یہ کیسا احساس ہے۔ خود سے جُڑے اس ناجائز احساس پر وہ اب تک قابض نہیں ہو سکے تھے۔ ہاں صمد بھائی، کاشی جی، جسونت کی باتوں میں برابر کے شریک ہو گئے تھے۔ جرم کا احساس پہلے تو نہیں تھا، مگر اب پلنے لگا تھا۔ جب وہ باقاعدہ ان خبروں میں اُتر گئے تھے۔ آزادی سے پہلے والی نوجوان ہڈیوں کے چٹخنے کی آواز اب دُور دُور تک نہیں سُنائی دے رہی تھی۔ ہاں ملک کے نئے چہرے پر آنکھیں پھراتے ہوئے وہ بوڑھی ہڈیوں کی چیخ ضرور سُن لیتے۔ یہ کون سا جذبہ ہے جہاں بھلائی کی بات سوچنے والا وطن پرست سو گیا ہے، جہاں مسائل کی پرت ہٹانے کی کوشش نہیں کی جاتی، بلکہ اس کے ڈھیر بننے کا ایک لمبا سلسلہ جاری ہے۔

جسونت سنگھ اُس دن موڈ میں تھے۔ ہاتھ میں صبح کا تازہ اخبار جھول رہا تھا۔ صمد بھائی اور کاشی جی گہری سوچ میں ڈوبے ہوئے تھے۔ انہیں دیکھتے ہی جسونت سنگھ نے آواز لگائی۔

"بھائی رما کانت، اس خبر کو پڑھو۔ پنجاب میں دہشت گردی اب سچ مچ کم ہو گئی ہے۔"

رما کانت خبر پر جُھک گئے۔ سرورق کی تازہ سُرخی میں کہیں کسی فساد میں مرنے والے سیکڑوں آدمیوں کی تعداد درج تھی۔ اس کے ٹھیک نیچے ایک چھوٹی سی خبر تھی۔

"پنجاب میں پانچ مرے۔"

"دیکھا۔" جسونت ہنس رہے تھے۔ "کہاں دوسرے شہر میں فساد میں مرنے والے سینکڑوں آدمیوں کے بیچ پنجاب کی یہ چھوٹی سی خبر۔ کیا دکھانا چاہتے ہیں۔ یہ اخبار والے بھی مذاق کرنے لگے ہیں۔ خبروں ہی میں سہی۔ انسانوں سے کھیلنے لگے ہیں۔ عام جذبات سے کھیلنے لگے ہیں۔"

"جو خبریں اُنھیں ملتی ہیں وہی تو شائع کرتے ہیں۔"

"دُنیا کے نقشے میں فساد اور ہنگاموں سے الگ بھی کوئی چیز ہے۔"

"اب کچھ بھی اس سے الگ باقی نہیں رہا۔"

"پھر کیا ضرورت ہے روز روز اخبار پڑھنے کی!" جسونت سنگھ پہلی بار زور زور سے بولے تھے "یہ خبریں ہیں جنھوں نے تنگ نظر کر دیا ہے ہمیں۔ آگے پیچھے کچھ نہیں سوچتے ہم صمد بھائی! سمجھ لو تم نے پھر ایک الگ پاکستان لے لیا اور ہم نے ایک الگ پنجاب اور باقی بھائیوں نے، ہندوستان کے جغرافیے میں جیسی پھوٹ اب پڑی ہے پہلے کبھی نہیں پڑی۔ اور ہم کیا ہیں؟ سؤر کے بچے۔ پشتہا پشت سے چلی آ رہی محبتوں کو بھلا کر انہی خبروں کو سننے اور پڑھنے کے لئے زندہ رہ گئے ہیں۔"

"نہیں جسونت بھائی۔ یہ اخبار والوں کی غلطی نہیں ہے" صمد بھائی نے گمبھیر لہجے میں کہا۔ "دراصل ہم ہندوستانیوں کی ہندوستانیت سو گئی ہے۔ جاتے جاتے فرنگیوں نے اسے سلا دیا۔ بس یہی چیز ہے اور ہم ہیں کہ بیدار ہونا نہیں چاہتے۔"

"جو ہوتا ہے وہی تو اخبار لکھتا ہے" کاشی جی مضبوطی سے اپنی بات پر جمے رہے۔ "گورکھا لینڈ، پنجاب، میزورم، تاملیوں کے ہنگامے۔ اخبار لکھیں نہیں تو ہم ان کی تہہ تک کیسے پہنچیں۔"

"کیا سچ مچ آپ باتوں کی تہہ تک جانا چاہتے ہیں؟"

"ہاں!"

"تو کتنی تہہ تک گئے ہیں آپ۔ کتنے اندازے لگائے آپ نے۔ تھوکنے اور ستے کرنے کے علاوہ بھی جو ہمارا اور آپ کا فرض بنتا ہے۔ اس میں کس حد تک آپ کو کامیابی ملی ہے۔ بھونکتے تو کتے بھی ہیں، مگر ہم نے بھونکنے کے علاوہ اور کیا کیا ہے۔ کیا کیا ہے بتائیے کاشی جی۔ آنکھیں کل بھی بند تھیں اور آج بھی بند ہیں۔ نئی نسل آزادی کو ایک دھبہ مانتی ہے۔ ہم نے اور آپ نے تو اس غلامی کے کچھ رنگ دیکھے ہیں۔ قریب سے۔ اس، آگ میں جلنے والوں کے منہ سے اس کی کہانیاں سُنی ہیں۔ انصاف سے بتائیے وہ آگ اس آگ سے زیادہ روشن نہیں تھی؟ آج کچھ لوگ غصہ میں کہتے ہیں وہ غلامی زیادہ اچھی تھی۔ تھپڑ مارنے کو جی چاہتا ہے ایسی باتوں پر۔ کہ پُتر: تم نے غلامی دیکھی کہاں ہے! تاریخ کے رتھ کے چھینٹے بھی نہیں پڑے ہیں تم پر اور آج اس آزادی کا قرض اس طرح

اتار رہے ہو کہ تمھارے جذبے سے غداری کی بُو آنے لگی ہے۔"

اتنا کہہ کر اخبار کے دو ٹکڑے کر دیئے تھے جسونت سنگھ نے اور غصے میں اُٹھ کر گھر واپس چلے گئے۔

کاشی جی سکتے میں آگئے۔ صمد بھائی کو سانپ سونگھ گیا اور رما کانت بس ابھی ابھی آئی ہوئی آندھی کا سُراغ پانے میں لگے رہے۔ یہ کیا ہوا جسونت بھائی۔ لوٹ کیوں گئے۔ یہ کیسا غبار تھا، جو پُورا پُورا جسونت کو جلا گیا تھا۔ پھر محفل برخاست ہوگئی۔ سب اپنے اپنے گھر لوٹ آئے۔

اور گھر آکر پھر وہی آدمی ان کے سامنے تھا۔ اندر کے کسی گوشے میں سویا ہوا آدمی، جو برابر انہیں چیر پھاڑ رہا تھا۔ پریشان کر رہا تھا۔

"تمہیں جلا وطن کیا جاتا ہے رما کانت۔"

"رما کانت تم جلا وطن کر دیئے گئے ہو۔"

"مگر کیوں ... کیا قصور ہے میرا؟ کیا کیا ہے میں نے؟"

اُوپر سے لے کر نیچے تک کانپ گئے تھے رما کانت۔ ریٹائر ہوئے ایک مدت ہوگئی تھی اور اس مدت میں جو آدمی اُن کے اندر داخل ہوا تھا وہ کہیں سے بھی اس ملک کا شہری نہیں تھا۔ صرف اس کے علاوہ کہ وہ اسی ملک میں رہتا تھا۔ کسی بھی موقع پر اپنے وفادار ہونے کی شہادت نہیں دی تھی اس آدمی نے۔

"پھر...؟"

لاٹھی ٹیک کر اپنے کمرے میں آتے ہوئے غشی ان پر حاوی ہو رہی تھی۔ ایک نظر انھوں نے گھر پر ڈالی۔ یہ گھر بھی تو ٹوٹ رہا ہے۔ بڑکی حصہ مانگ رہی ہے۔ اولاد ناکارہ نکل جائے...؟

تھکے ہارے بستر پر لیٹ گئے۔ بچے گھر کے ٹکڑے ٹکڑے کرنے کی مانگ کب سے کر رہے ہیں مگر ان کا کیا فرض بنتا ہے۔

کیا وہ سچ مچ گھر کے ٹکڑے ٹکڑے کر دیں۔

ایک حصّہ بڑکی کو اور ایک حصّہ بچوں میں بانٹ دیں۔ پھر وہ کہاں جائیں۔ آنکھوں میں کتنی ہی دھندلی دھندلی تصویریں رینگ گئیں۔

مگر نہیں ——

وہ ایک فیصلہ کر چکے تھے۔

شاید — رات آدھی سے زیادہ گزر چکی تھی۔

اور ایک بوڑھا لاٹھی ٹیکتا ہوا جانی انجانی شاہراہوں کی بھیڑ میں کہیں گم ہو گیا تھا۔

آجکل ۱۹۸۸ء ◆◆

ہندوستانی

ابھی وہ کھانے سے فارغ ہوئے تھے کہ دروازے پر دستک کی آواز سُن کر سہم گئے۔
دستک کے ساتھ ہی ملی جلی آوازیں بھی گونجی تھیں۔

"بھائی، کہاں چھپے ہو؟"

کانپتی آنکھوں سے عبداللہ بیگ نے زہرہ بیگم کی طرف دیکھا۔

"تم ہی کہو۔ کیا کہتی ہو؟"

"آپ کو جانا ہی ہوگا۔ محلے کے ہر گھر سے کم از کم ایک آدمی کو تو پہرہ دینے کے لئے جانا ہی ہے۔ اور یہاں صرف آپ ہیں۔"

"تو مجھے بھی جانا ہوگا۔"

عبداللہ بیگ اب پُرسکون تھے۔ محلے کے کتنے ہی لوگ ہوں گے جن کے ساتھ انہیں گشت پر نکلنا تھا اور ہونا کیا تھا۔ رات بھر تفریح بازی، گپ شپ، دوسرے محلے کے ہندو اگر حملہ نہ کر دیں، اس کا خیال رکھنا تھا۔ اتنے سارے لوگ ہیں۔ عبداللہ بیگ نے اطمینان کی سانس لی اور دروازہ کھول دیا۔

"جلدی کیا ہے بھائی لوگو! کھانا کھا رہا تھا۔"

"ہمیں بھی بلا لیا ہوتا۔"

ایک بزرگ انتہائی سنجیدگی سے بولے اور کچھ نوجوانوں کے ہونٹوں پر تبسم پھیل گیا۔

دفعتاً پھر کسی بات سے زہر خند ہنسی ان کے ہونٹوں پر پھیل گئی

"شاستری نگر میں پھر دنگا ہوا ہے۔ مرنے والوں میں پچیس مسلمان گھر شامل ہیں۔ چار گھر پھونک دیئے ہیں"

عبداللہ بیگ کی مٹھیاں بھنچ گئیں۔ سرکار بوکھلائی ہے یا پاگل ہوئی جارہی ہے۔ ووٹ مانگنے کے لئے خوشامدی ٹٹو وعدوں کی کوٹھری لے کر تو چلے آتے ہیں۔ پھر سب کچھ بھول کر اپنی ستا بچائے رکھنے کے لئے ہم میں پھوٹ ڈلوا کر جنگ کرواتے رہتے ہیں "

"شاید تم ٹھیک کہتے ہو ــــــ"

کچھ بوڑھی سانسوں نے اپنا زمانہ یاد کیا۔ لمبی گہری سانس کھینچی ــــــ پھر سڑکوں پر نکل آئے۔ کچھ ہاتھوں میں بھالے تھے، ڈنڈے تھے۔ کچھ ہاتھ خالی تھے۔ ایک طرف پولیس جیپ لات کے سناٹے میں آرام کر رہی تھی جس پر کچھ پولیس کے سپاہی بیٹھے اونگھ رہے تھے۔

"سالے ہندوؤں کے آدمی" ــــــ ایک نوجوان غصے سے بڑبڑایا۔ اس کے چہرے کے ماسک آپس میں بھنچ گئے ہیں۔

"نہیں انور نہیں" ایک داڑھی والے بزرگ نے سمجھایا "یہ غلط ہے۔ بڑی مشکل سے تو ہمیں یہ پہریداری کی اجازت مل سکی ہے۔ کچھ ایسی ویسی بات ہوئی تو سب گڑبڑ ہو جائے گی۔ پھر ہم پہرہ نہیں دے سکیں گے اور ان کے رحم و کرم پر ہوں گے۔

"تم ٹھیک کہتے ہو" دوسرے بزرگ نے حامی بھری۔

سڑک پر اب متعدد قدموں کی چاپ ابھر رہی تھی۔ ذرا ٹھہر کر کوئی نوجوان اونچی آواز میں چلاتا "جاگ کے سوئیو" ــــــ اور بوڑھی آنکھیں اس جانب اٹھ جاتیں۔

"شرارت نہیں بچو! زمانہ خراب ہے اور تمھیں مسخری کی سوجھ رہی ہے۔ گھروں میں آگ لگائے جارہے ہیں اور تمھارے ہونٹوں پر مسکراہٹ کھیل رہی ہے "

"بھائی اشرف علی! مسلمانوں کے مستقبل کے بارے میں آپ کا کیا خیال ہے۔ کیا اس ملک میں ان کا مستقبل محفوظ ہے"

اشرف علی نے گھوم کر دیکھا۔ بوجھل سانس اچھالی کنویں کی گہرائی سے آتی ہوئی آواز

سُنائی پڑی۔ جیسے کسی تنگ کنویں میں کوئی وزنی پتھر اُچھالیے اور وقفہ بعد اُس کی تنگ دیواروں سے ٹکراکر اُوپر لوٹ کر آپ کو سنائی دے گا۔ ٹھیک ایسی ہی آواز۔۔! اشرف ملک کہہ رہے تھے:

"کچھ کہا نہیں جا سکتا میرے بھائی۔ لیکن ہم محفوظ نہیں ہیں۔ ابھی سے اگر کچھ نہیں کیا تو آنے والی نسلوں کے قدم اکھڑ جائیں گے۔ ہم ہر جگہ ذلیل و خوار ہوں گے"

"تم ٹھیک کہتے ہو بھائی"۔۔۔۔ ایک بزرگ نے ٹھنڈی آہ بھری اور آغا حشر کا یہ شعر درد بھرے انداز میں لہک کر پڑھا:

"آہ جاتی ہے فلک پر رحم لانے کے لئے
بادلو! ہٹ جاؤ دے دو راہ جانے کے لئے
خوار ہیں بدخوار ہیں ڈوبے ہوئے ذلت میں ہیں
کچھ بھی ہیں لیکن تیرے محبوب کی اُمت میں ہیں
گر مسلمانوں سے کی اب تونے دلجوئی نہیں
طعنہ دیں گے بت کہ مسلم کا خدا کوئی نہیں"

مسلم کا خدا کوئی نہیں۔۔۔ اب اس آواز میں کتنے ہی لوگوں کی آواز شامل ہو گئی ہے بوجھل آواز یں رات کے ماتمی سناٹے کا حصہ بن گئی ہیں۔

گشت پھر شروع ہوئی تھی۔۔۔۔

ایک بزرگ نے ٹھنڈی سانس بھری۔ "کبھی اس ملک پر ہماری حکومت تھی اور آج۔۔"

عبداللہ بیگ کی تیوریاں چڑھ گئیں۔۔۔۔ "اب رونا کیا ہے جو نااہل ہوتا ہے حکومت اس سے چھین لی جاتی ہے۔ عیاشی اور رنگ رلیوں میں ہم نے آج سب کچھ گنوا دیا تو اس کا ماتم کیوں؟"

"عیاشی اور رنگ رلیاں نہیں" بزرگ نے گھور کر عبداللہ بیگ کو دیکھا۔۔۔۔ "یہ تمہارے نصاب کی کتاب کا جھوٹ ہے جو تمہیں پڑھایا گیا۔ تم آج وہی کہتے ہو جو لوگ دہراتے پھرتے ہیں۔ سب چال تھی۔۔۔ سازش تھی۔۔۔"

کس کی؟ انگریزوں کی نا۔۔۔؟ اورنگ زیب کے آتے ہی حکومت اتنی کمزور کیوں پڑ گئی کہ الگ الگ صوبوں کے راجے رجواڑے۔ بھی بغاوت کی صدا بلند کرنے لگے ؟"

بزرگ چپ رہے۔ کچھ بولے نہیں۔ ہاں ایک دوسرے نوجوان نے بوجھل سانس بھری۔

"پہلے فرنگی حکمراں تھے اور اب ہندو۔ مسلمان قوم کے نصیب میں اب ماتحتی لکھی ہے ؟"

"ان سے منہ لگانا بیکار ہے" ـــــ عبداللہ بیگ چپ ہو گئے۔ آگے کیا کہتے۔ باتیں رک گئی ہیں۔ چوکس چوکنا لوگ کان کھڑا کئے اِدھر اُدھر دیکھتے۔ کچھ دور تک چوکڑی بھر کر پھر واپس لوٹ رہے ہیں۔ اس پول سے لے کر اُس پول تک۔ پو پھٹنے تک گشت جاری رکھنی ہے۔ کتنی مشکل سے پہریداری کی اجازت مل سکی تھی۔ وہ محلے کے ایڈیشنل جج شوکت صاحب کی سفارش کا نتیجہ تھا کہ یہ مسلمانوں کا محلہ ہے۔ یہاں کے لوگ خود کو غیر محفوظ سمجھ رہے ہیں۔ باہر سے کچھ لوگوں نے آکر رات کے وقت یہاں کافی لوٹ مار کر بازار گرم کیا تھا۔ انہیں رات میں پہرہ دینے کی اجازت دی جائے۔ ایڈیشنل جج صاحب کی بات کا اتنا ہی اثر ہوا کہ ایک پولس جیپ محلے میں بیٹھ گئی جس پر اونگھنے والے چند کانسٹبل کے سوا دوسرا کوئی افسر نہ تھا اور یہ محلے والے تھے۔۔۔

عبداللہ بیگ کی آنکھوں میں صرف ایک مہینہ پہلے کا وہ دل ڈوبنے والا نظارہ گھوم رہا تھا۔ یوں تو فضا کب کی خراب ہو چکی تھی۔ جب ہر آنکھوں میں شک کا جانور مچلتا ہوا نظر آتا۔ ہندو کی آنکھوں میں مسلمان چور تھا اور مسلمان کانٹے کی طرح ہندو کو کھٹک رہا تھا۔ عبداللہ بیگ کو اس وقت رماشنکر کی یاد آرہی تھی۔ بچپن کے دوست رہے تھے رماشنکر۔ ساتھ پڑھتے لکھتے بڑے ہوئے۔ ایک جگہ سروس کی۔ اس دن آفس گئے تو دیکھا رماشنکر کچھ کہنا چاہتا ہے۔ لنچ آور میں وہ تھکے ہارے قدموں سے رماشنکر کے ساتھ کینٹین میں آکر بیٹھ گئے۔

مولوی ـــــ رماشنکر اُسے مولوی ہی کہتا تھا۔ آج اس کی آواز میں لرزش تھی۔ "مولوی ایک بات پوچھتی ہے۔ مجھ سے تسلی کرنی ہے خود کی۔" وہ آہستہ آہستہ لفظ چبا کر بول رہا تھا۔ "کیا میں سمجھ لوں کہ مجھ پر وقت آیا تو تم میرا گھر جلا دو گے ؟"

اُوپر سے لے کر نیچے تک سناٹے میں ڈوب گئے عبداللہ بیگ۔ تھرائی پلکوں سے

رماشنکر کو گھورا... پنڈت، اور کیا میں امید کروں کہ تم...؟"

"بس دوست مجھے جواب مل گیا۔"

رماشنکر نے فرط محبت سے اُس کے دونوں ہاتھوں کو پکڑ کر چوم لیا تھا۔

"شاں صرف ہم اور تم نہیں ہیں مولوی۔ پھر وہ کون لوگ ہیں وہ ہم میں سے تو ہو نہیں سکتے۔"

"جس ملک میں گاندھی جیسی عظیم ہستی کے مارنے والے کو بھی کچھ لوگ مہان بنا کر پوجتے وہاں سب کچھ ہو سکتا ہے۔ میرے بھائی سوچتا ہوں کسی نے سچ کہا ہے۔ انسان اگر تہذیب نہیں سیکھتا تو وہ پورا پورا جانور ہوتا ہے۔"

رماشنکر کا زوردار ٹھہاکا گونجا۔ "صحیح کہتے ہو تم۔ ہاشان ٹیگ کے آدمی مانو کو دیکھ لو۔ کیا وہ آدمی تھے؟"

اب وہ پُر سکون تھا۔ مگر اس کی آنکھوں میں وہ آگ روشن تھی۔ وہ آگ جو آزاد ملک کے آزاد شہری کو غیر محفوظ بتا رہی تھی۔

اور یہ ٹھیک اسی رات کا قصہ تھا جب آدھی رات گئے فائر کی ایک تیز آواز محلے میں گونجی۔ ہم تو جیسے بندوقوں کے منہ کھل گئے۔ عبداللہ بیگ سوتے سے اٹھے۔ زہرہ بیگم کی ہچکیاں بندھ گئیں۔ باہر کمرے میں سویا ہوا قیوم ہتاش سا ان کے دروازے پر آکر ٹھہر گیا۔

"صاب ریٹ ہو گیا۔"

ایک ساتھ کتنی ہی گولیوں کی آواز متعدد چیخوں کے ساتھ فضا میں گونج گئیں۔ پاگلوں کی طرح کمرے میں ٹہلنے لگے عبداللہ بیگ۔ بیگم نے سورۂ یٰسین کی تلاوت شروع کردی۔ وہ رونے بھی جا رہی تھیں اور لرزتے ہونٹوں سے تلاوت بھی کر رہی تھیں۔

"گھبراؤ نہیں۔ اللہ پاک پر یقین رکھو۔ سب ٹھیک رہے گا۔"

مگر تسلی کے یہ بول کس کو دیتے۔ چار گھنٹے تک مسلسل گولیوں کے چلنے اور لوگوں کے چیخنے چلانے کی آواز فضا میں گونجتی رہی۔ اللہ نے واقعی ان کے گھر پر کرم کیا تھا۔ یہ اتفاق اس وقت تھی جب دیوار گھڑی نے چار کا گھنٹہ مارا ٹھیک اس وقت باہر سے کچھ شور سنائی دیا۔

باہر نکلنے۔ بیگ صاحب! آصف میاں کا پورا خاندان شہید ہو گیا۔

زہرہ نے پریشان حال نظروں سے اُن کی طرف دیکھا۔ زہرہ کو سمجھاتے ہوئے وہ باہر آئے۔ باہر حواس باختہ محلّے کے لوگوں کا گروہ کھڑا تھا۔

"غضب ہو گیا بیگ صاحب! آصف میاں کا پورا خاندان شہید ہو گیا۔ آس پاس کے دو گھر بھی کمبختوں نے پھونک دیئے۔ باہر کے لوگ آکر رعب دکھا کر چلے گئے اور ہم اپنے گھروں میں بند رہے۔"

کچھ نوجوان بھی کھڑے تھے جن کی مٹھیاں بھنچی ہوئی تھیں۔

"پورے چار گھنٹے بعد پولیس آئی ہے۔ چار گھنٹے بعد۔ چار گھنٹوں تک اس محلّے میں غنڈے آکر بے رحمی سے گھر پھونکتے اور لوگوں کو قتل کرتے رہے۔ اس وقت پولیس کے جوان کہاں تھے؟"

لوگ اُبل رہے تھے اور ادھر لاؤڈ اسپیکر پر اعلان کر رہی تھی: "آپ سب لوگ اپنے اپنے گھر واپس جائیے۔ واپس جائیے۔ شہر میں غیر متعینہ مدّت کے لئے کرفیو لگایا جا رہا ہے۔ ایک گھنٹے بعد کسی بھی آدمی کو دیکھ لینے پر گولی ماری جا سکتی ہے ...

ایسے نہیں ہوگا۔ اب چوڑیاں اُتارنی ہوں گی۔ بہت ظلم سہہ لیا۔" ایک نوجوان بھنّاتا ہوا بولا۔

"عبداللہ بیگ آئیے۔ ابھی کرفیو میں ایک گھنٹہ ہے۔ آصف میاں کے گھر پڑی لاشیں دیکھئے۔ ایک قطار سے لاشیں سجی ہیں۔ مارنے والے تو مار گئے اب کیا یہ تجہیز و تکفین کی اجازت بھی نہیں دیں گے؟"

"ہم اس کی اجازت حاصل کریں گے۔"

پولیس کے سپاہی ڈنڈے کے زور پر لوگوں کو واپس بھیج رہے تھے۔ اب آدھا گھنٹہ رہ گیا ہے۔ آپ اپنے گھروں میں واپس جائیے۔ پھر پانچ بج گئے۔ دروازے بند۔ محلّہ صبح کے ہلکے اجالے میں اجاڑ اور ویران ہو گیا۔

مگر عبداللہ بیگ کی آنکھوں میں سکون کہاں۔ وہاں وحشت ہی وحشت تھی۔ وہ ایک قطار سے سجی ان لاشوں کو دیکھ آئے تھے۔ آصف میاں ... ان کا لڑکا سلمان ... تین سال کی

معصوم بچی رخسانہ، بہو، بیٹا . . . جاوید، جس کی صرف دو مہینے پہلے شادی ہوئی تھی۔ایک قطار سے بچھی ہوئیں لاشیں اور معاملہ کیا تھا . . . سلمان نے نوجوانی کے جوش میں آکر ہفتہ بھر پہلے محلہ مانک پورہ کے ایک ہندو لڑکے کو گولی مار دی تھی۔ پھر وہ کہاں غائب ہو گیا کسی کو معلوم نہ ہو سکا۔ پولیس نے گھر پر چھاپہ بھی مارا۔ گھر والوں کو ڈرایا دھمکایا۔ بیانات لیے، قرقی، منیلی کا حکم لے کر آئے۔ گھر کی چیزیں توڑیں مگر سلمان کو جیسے زمین کھا گئی تھی۔ گھر والے روتے رہے۔ آصف صاحب شریف آدمی تھے۔ پولیس کے لوگوں کو لاکھ سمجھایا۔ سلمان نہیں ہے۔ آئے گا تو وہ ایک شریف شہری کی طرح اسے پولیس کے حوالے کر دیں گے۔ شہر کا ماحول تو پہلے سے ہی بگڑا ہوا تھا۔ اس قتل کے بعد فضا ہی دوسری ہو گئی تھی۔ مانک پورہ کے لوگ آصف میاں کے گھر کے پیاسے ہو گئے یہ بات پہلے سے ہی لوگ جانتے تھے کہ وہ لوگ سلمان کو چھوڑیں گے نہیں اور سلمان بچ کر جاتا بھی کہاں۔ وہ اس کا پٹھانی خون رنگ لایا تھا۔ جب اس نے چائے پیتے ہوئے ایک ہندو کو اپنے خلاف بولتے ہوئے دیکھ کر گولی مار دی تھی اور بھاگ کھڑا ہوا تھا۔ سُنا یہ بھی جا رہا تھا کہ جب سے فضا خراب ہوئی تھی تب سے ہمیشہ وہ اپنے پاس پستول رکھا کرتا تھا۔

اور مانک پورہ کے لوگوں نے سلمان کے جرم کا یہ ہولناک بدلہ لیا تھا۔ انھیں پتہ نہیں کیسے یہ خبر لگ گئی کہ آج رات سلمان اس محلے میں دیکھا گیا ہے۔ بس پھر کیا تھا۔ راتوں رات لوگ جٹ گئے اور دو تین محلے کے لوگوں نے مل کر اس محلے پر راتوں رات حملہ بول دیا۔ آصف میاں کے خاندان کے ساتھ بیچ بچاؤ کے لئے آئے ہوئے پڑوس کے دو گھر بھی پھونک دیئے گئے۔

جلے ہوئے نقوش اور قطار سے بچی لاشیں ـــــــ عبداللہ بیگ کی آنکھوں میں وحشت کے کانٹے بو رہی تھی۔ چار دن تک مستقل کرفیو لگا رہا۔ پھر کرفیو میں ڈھیل دی گئی۔ اس بیچ بجلی فون کے تار بھی کاٹ دیئے گئے تھے۔ ایک ہفتہ بعد سب معمول پر آگیا۔ کرفیو ختم تھا۔ مگر پولیس کی گشت جاری تھی۔ لیکن البتہ پولیس کے سپاہیوں سے امید اُٹھ گئی تھی۔ کہنے کو محلے میں شانتی تھی، عبداللہ بیگ محسوس کرتے کہ جب تک یہ لاشیں ان آنکھوں میں سلگتی رہیں گی، برابری اور مساوات کی بات بیکار ہے۔ ساتویں دن انھوں نے اپنے دوست رماشنکر کو فون لگایا۔ ملاقات کئے بہت دن ہو گئے تھے۔

"کیسے ہو؟ رماشنکر کی کانپتی آواز اُبھری یہ سالوں نے ٹیلی فون کے تار بھی کاٹ دیئے تھے۔ تمہارے بارے میں سخت فکرمند تھا۔"

"ٹھیک ہوں۔"

"دفتر تو شاید ابھی کچھ دن اور بند رہیں؟"

"اس نے محسوس کیا، رماشنکر محض بات بدلنے کے لئے دفتر کا ذکر لے کر بیٹھ گیا تھا۔ اس دن کی بات انہیں یاد نہیں۔ رماشنکر کا لہجہ بھولے نہیں تھے اور شاید یہی وہ زہر تھا جسے اس وقت وہ فون پر اگلنے والے تھے۔

"محلے کی خبر تم نے اخبار میں دیکھی ہوگی۔"

"ہاں بہت بُرا ہوا۔"

"آصف بھائی کے گھر سے میرے گھریلو مراسم تھے۔ میری بیوی یہ حادثہ جھیل نہیں پائی ہے۔ ہفتہ دن ہو گیا کچھ بولتی نہیں۔" اس نے محسوس کیا فون پر رماشنکر کی آواز کانپ رہی تھی۔" مجھے معلوم ہے۔۔۔"

"میں نے وہ لاشیں خود دیکھی ہیں پنڈت۔ اور اب تم کیا کہتے ہو۔ جب تک یہ لاشیں میری آنکھوں میں سلگتی رہیں گی کیا تمہارے نام پر ایک شک ایک خوف ایک خطرہ ہمارے اندر نہیں جاگے گا۔۔۔"

"مولوی۔۔۔" اس نے تھرتھراتی آواز سُنی رماشنکر کی۔۔۔ ذرا صبر سے کام لو مولوی۔۔۔ تم نے میرے محلے کی خبر پڑھی ہوگی۔ دین دیال کو جانتے ہو۔۔۔"

عبداللہ بیگ سن سے رہ گئے تھے۔ دین دیال رماشنکر کے بھائیوں جیسے تھے۔ وہ چونکتے ہوئے بولے یہ کیا ہوا اُنہیں؟

دوسری طرف سے آواز میں ہلکی سی طنز کی یورش تھی۔۔۔" اب اگر اس کی لاش کو میں اپنی آنکھوں میں بسا لوں تو کیا میں تمہارے لئے بدگمان نہیں ہو سکتا۔"

"رماشنکر!"

عبداللہ بیگ چپ ہو گئے تھے۔

"سیاست، سیاست۔ سب سیاست ہے عبداللہ بیگ۔"

"تو یہ سیاست لوگ سمجھتے کیوں نہیں۔ کیوں جانور بن جاتے ہیں؟"

"جانور نہیں بنیں تو پھر سیاست رہی کہاں؟ میرے دوست حادثہ کو بھولنے کی کوشش کرو جیسے میں کوشش کر رہا ہوں۔ صرف ایک بات بتاؤں۔ ہمارے سیاسی رہنما سیاست میں فرنگیوں سے بھی آگے نکل گئے ہیں۔ چند سمجھدار لوگوں کو آگے آنا پڑے گا۔ ہم تم جیسے لوگ بھی اگر چکی میں پس گئے تو آنے والے بڑے خطرے سے ملک کو کوئی نہیں بچا پائے گا۔"

"تم ٹھیک کہتے ہو رما شنکر۔"

عبداللہ بیگ نے ہار مان لی تھی۔

گشت جاری ہے۔ ابھی دن ہی کتنے ہوئے تھے۔ مشکل سے ایک مہینہ۔ کرفیو پوری طرح سے ہٹ گیا تھا۔ دفاتر کھل گئے تھے۔ ہاں اسکول کالج اب بھی بند تھے۔ اب بھی کہیں کہیں جھٹ پٹ واقعات ہو جاتے تو دھارا ۱۴۴ لگا دی جاتی۔ شہر کا سکون پوری طرح چھن گیا تھا۔ لوکل اُردو اخبار ہندوؤں کے خلاف جی بھر کر لکھ رہے تھے تو ہندی سماچار پتر مسلمانوں کو غدار اور پاکستانی بنا کر دل کی بھڑاس نکال رہے تھے۔ عبداللہ بیگ صرف ٹھنڈی سانس بھر کر رہ جاتے۔ توازن کہیں نہیں ہے۔ نہ یہاں نہ وہاں۔ توازن سے کوئی کام بھی نہیں لینا چاہتا۔ اگر یہی ماحول رہا تو آپس کی دوستی محبت، خلوص سب کچھ ختم ہو جائے گا۔ معاملہ کتنا نازک تھا مگر مجبور تھے عبداللہ بیگ۔ جب گشت پر نکلے ہوئے ان لوگوں کو وہ سمجھا نہیں سکتے تو پھر وہ کسے سمجھائیں۔ جب اپنی گھر والی زہرہ کو وہ اپنی بات نہیں منوا سکتے تو دوسرے کی بات کیا چھیڑیں۔ وہ تو ہندو کا نام سنتے ہی بھڑک اٹھتی ہے۔ اب انہیں کوئی نہیں سمجھا سکتا۔ شاید آنے والا وقت یہ زخم مندمل کر سکے۔ مگر یہ تو ہار ہوئی نا... صرف ہار..."

چلتے چلتے پاؤں دکھ گئے ہیں۔ ایک نوجوان کہہ رہا ہے۔

"خیر اس سے ایک فائدہ تو ہوا۔ ہماری آنکھیں کھل گئیں۔ ہم میں اتحاد پیدا ہو گیا۔"

"اب کافروں کے خلاف جہاد کی ضرورت ہے۔"

ایک بزرگ نے تجویز پیش کی۔
"اگر جہاد کا اعلان ہو تو آپ لوگ تیار ہیں؟"
"ہاں ہم سب تیار ہیں۔"
نوجوانوں نے جوش سے کہا۔ سوال پوچھنے والے بزرگ نے راحت کی سانس بھری۔ پھر اس کی طرف مڑے۔ عبداللہ بیگ تم خاموش ہو۔ کیا تم جہاد میں ہمارا ساتھ نہیں دوگے۔
"یہ جہاد نہیں تو اور کیا ہے۔ رات کے دو بج رہے ہیں اور ہم گشت پر ہیں۔" مسکرا کر اُس نے بات ٹالنے کی کوشش کی۔
"تم نئے زمانے کے ہو، افسر بھائی" بزرگ کے لہجے میں خفگی تھی۔ "تمہارے اندر یقین اور ایمان دونوں کی کمی ہے۔"
عبداللہ بیگ کا دماغ جھنجھنا گیا۔ کوئی اور وقت ہوتا یا اس کے اندر اخلاق کی کمی ہوتی تو وہ بزرگ کی بات کا جواب دے دیتا مگر وہ مجبور تھا۔ کہیں ایسا نہ ہو یہ جماعت اُسے اپنے خلاف سمجھ لے۔

رات آہستہ آہستہ سرک رہی تھی۔ چمکتے ستارے ہلکی سفیدی میں چھپتے جا رہے تھے۔ اور گشت جاری تھی۔ مستقل جاری تھی۔ قدم تھک گئے تھے اور نہیں بھی تھکے تھے کہ مستقل جوتے بج رہے تھے اور جوتے چپل کی آواز رات کے سناٹے میں شور پیدا کر رہی تھی۔
اچانک ایک کھٹکا ہوا ان کے اندر کیا وہ سچ مچ ہندوستانی ہیں اور یہ سارے کے سارے؟ یہ ہندوستانی ہونے کا کیسا عجیب و غریب ثبوت پیش کر رہے ہیں وہ لوگ کہ عدم تحفظ کا جذبہ رات کے سناٹے میں انھیں چوکیداری کے لئے مجبور کر رہا ہے یہ کیسی اجنبی آواز ہیں جہاں اپنے ہی بھائیوں کے لئے خطرہ، خوف اور شک جاگتا ہے، نہیں وہ ہندوستانی ہیں۔ ہندوستانیت فرنگیوں نے بہت پہلے سلا دی۔ صرف کفن بچا تھا اور کفن کے بھی چیتھڑے چیتھڑے ہو گئے ہیں۔ اندر سے کوئی بے سُری آواز میں گا رہا ہے۔ سارے جہاں سے اچھا ہندوستاں ہمارا ... ہم بلبلیں ہیں اس کی ... یہ گلستاں ہمارا ...
نہیں ... ہم سب غدار ہو گئے ہیں۔ پورے ملک کے لوگ وفاداری اور محبت کا

کوئی جذبہ سالم نہیں بچا ہے... سب کچھ ختم ہو گیا۔

گشت کے لئے نکلے قدم بج رہے تھے۔ کیا یہی اپنے ہندوستانی ہونے کا ثبوت ہے۔ چاروں جانب پھیلی ہوئی آگ۔ یہ آگ فائر بریگیڈ نہیں بجھا سکتی۔ یہ آگ بڑھتی جائے گی۔ پھیلتی جائے گی۔ پھر ایک دن پورے ملک کو اپنی لپیٹ میں لے لے گی۔

ایک پول سے دوسرے پول کی طرف قدم لوٹ رہے ہیں اور اب قدموں میں تکان سرایت کر گئی۔ آنکھوں میں نیند کے ڈورے تیر رہے ہیں اور ایک بوجھل منظر نگاہوں کے فریاد کر رہا ہے۔ کرفیو تھمنے کے بعد وہ اپنے دوست رماشنکر کے یہاں گئے تھے۔ باہر کرسی نکلی تھی۔ حالات حاضرہ پر انتہائی سنجیدگی کی کتاب کھل گئی تھی۔ اچانک اندر سے ان کا آٹھ سالہ لڑکا پنٹو دوڑتا ہوا آیا۔ پنٹو کے ہونٹوں پر سوال تھا۔

"پاپا... پاپا یہ ہندوستان کیا ہوتا ہے؟"

"کیا؟"

رماشنکر کے ساتھ عبداللہ بیگ بھی غور سے پنٹو کا چہرہ دیکھتے ہیں جیسے کوئیز، معمّہ یا کوئی بجھو یہ پہیلی حل کر رہے ہوں۔

"ہاں۔ وہ ٹی وی پر اکثر گانا ہوتا ہے نا سارے جہاں سے اچھا ہندوستاں ہمارا۔"

"ہاں..." رماشنکر کچھ کہتے کہتے رک گئے ہیں۔ میری طرف بیچارگی بھری نظروں سے دیکھتے ہیں۔ خفگی کا مظاہرہ کرنا چاہتے ہیں "تم کیسے لڑکے ہو، ہندوستانی بھی نہیں جانتے۔"

عبداللہ بیگ کو ایک دلچسپ کھیل ہاتھ لگ گیا وہ انھیں روکتے ہیں۔ مسکراتے ہوئے پنٹو سے کہتے ہیں۔

"بیٹے۔ تم انڈیا جانتے ہو؟"

"ہاں۔"

"بھارت؟"

"ہاں۔"

"اور ہندوستان؟"

"نہیں۔" پنّو اطمینان سے جواب دیتا ہے۔

عبداللہ بیگ ایک لمبی سانس کھینچتے ہیں۔ رماشنکر اُن کی طرف عجیب نظروں سے دیکھ رہے ہیں۔ جیسے سوچ رہے ہوں کہ پتہ نہیں وہ۔۔۔ عبداللہ کیا کہنے والا ہے۔

اور عبداللہ بیگ ایک تیز ہنسی اُچھالتے ہوئے پنّو سے کہتے ہیں۔

"کبھی یہ بھی ایک ملک ہوا کرتا تھا، بیٹے۔ اس ملک کا تذکرہ اب تمہیں دُنیا کی کسی کتاب میں نہیں ملے گا۔ جیسے کچھ دِنوں بعد بھارت کا۔ تم صرف انڈیا سے اپنا سروکار رکھو سمجھے اب جاؤ تم۔۔۔"

کچھ نہ سمجھتا ہوا، پنّو لوٹ گیا ہے۔

رماشنکر مجھ سے پوچھ رہے ہیں "یہ کیا کہا تم نے؟"

"میں جا رہا ہوں" ـــــــ عبداللہ بیگ اُٹھ کھڑے ہوئے ہیں۔

"کہاں چل دیئے؟"

"دل پر میل سی جم گئی ہے پنڈت۔ یہ احساس نہیں تھا کہ اب آٹھ سال کا کوئی بچہ یہ پوچھنے آئے گا کہ ہندوستان کیا ہوتا ہے!"

"مجھے افسوس ہے مولوی!"

رماشنکر نے سر جُھکا لیا ہے۔

کس کس شئے پر افسوس کروگے پنڈت۔ وقت سب کچھ چھین رہا ہے۔ اور ہر گزرتے ہوئے وقت کے ساتھ ہم غدار ہوتے جا رہے ہیں۔

پنڈت چونک گیا ہے۔ مگر اُسے یونہی تنہا چھوڑ کر عبداللہ بیگ دُور نکل آئے ہیں۔ دور اور یہاں گشت جاری ہے۔

جوتے چپّل بج رہے ہیں اور جیپ پر پولیس کے سپاہی اونگھ رہے ہیں۔۔۔!

گلبن ۱۹۹۶ء

سانپلیہ (ہندی) ◆◆

دہشت کیوں ہے؟

(۱)

وہ بیج بنجر زمینوں میں بوتے رہیں گے
ترقی
اور فصل کاٹنے کے لئے تھما دیں گے
ہمارے کمزور ہاتھوں میں بے اطمینانی کے ہتھیار
لڑ پانا آسان نہیں ہے
اپنے آپ سے ہونے والی اس اندرونی کیفیت کی جنگ میں
ہمیں ہمیشہ ملتی رہی ہے ہار
جو کافی ہے اپنی آتما (روح) پھونکنے کے لئے
اب کوئی انکش (رکاوٹ) نہیں رکھنا ہے ہمیں اپنی ذات پر
اور جنگوں سے باہر نکل کر دیکھنا ہے

۲

زخمی قصے اور کہانیوں نے ایکدم سے بیچ ہو کر دنیا کو کہاں سے کہاں پہنچا دیا تھا۔ جب ہر پل ایک خطرہ ایک ڈر انجانے میں بھی ہمارے ساتھ موجود ہوتا۔۔۔ موجودہ دور نے سائنس میں جو بھی ترقی کی ہو مگر عام انسانوں کے لئے اس کی سب سے بڑی ترقی ہے —— چاروں جانب

پھیلی ہوئی دہشت، بے اطمینانی اور ہر پل ڈستا ہوا انجانا سا خوف ـــــ جانے کب سے ہاتھوں میں اخبار لئے یہی کچھ سوچ رہا ہوں۔ جین تین چار بار مجھے دیکھ چکی ہے اور ہر بار اس نے مجھے اس بات کا احساس دلایا ہے ۔ ۔ ۔ پاپا، کیا سوچ رہے ہو تم؟ آج رات ٹی۔ وی پر کون کون سے اچھے پروگرام ہیں؛ اور دنوں کی طرح جین سے ٹی۔وی پروگراموں پر بحث نہیں ہوئی اس بار۔ کچھ بولنے کی خواہش نہیں ہوئی۔ کچھ دیر پہلے ارمیلا کی سنائی گئی خبر مجھے اُلجھن میں ڈال گئی ہے۔ کبھی سوچتا ہوں، نہیں، ایسا نہیں ہو سکتا۔ پھر سوچتا ہوں، مگر ایسا ہو بھی تو سکتا ہے۔ آج کے دور میں کس پر بھروسہ کیا جائے۔ مگر افتخار صاحب کے بارے میں سوچتے ہوئے ایکدم سے کسی خاص نتیجے پر پہنچ پا رہا تھا۔

"صاحب! چائے پئیں گے آپ؟"

آنکھیں اُٹھا کر دیکھا تو سامنے رام پکار کھڑا تھا۔ گھر کا پُرانا وفادار۔ شاید جب سے آنکھیں کھلی تھیں تب سے رام پکار کو دیکھ رہا تھا۔ آتے جاتے کتنے ہی موسم بدلے ہوں گے مگر رام پکار پر ایک ہی موسم ہمیشہ سوار رہا۔ وفاداری کا موسم۔ اس وقت بھی وہ ہاتھ میں چائے کا کپ لئے کھڑا تھا۔

"میم صاحب نے بھجوایا ہے صاحب، رکھ دُوں؟"

کچھ ہی دیر بعد ارمیلا بھی ٹہلتی ہوئی کمرے میں آ گئی۔ آنکھوں میں تشویش کی لہر تھی۔

"سامان اُتر گیا؟" چائے کی پیالی کو دونوں ہاتھوں سے اُٹھاتے ہوئے پوچھتا ہوں۔

"اتر رہا ہے۔ دو۔ دو بیل گاڑی ہے۔ کئی بکسے ہیں۔ کئی کپڑوں کی گٹھریاں۔ ان میں سے ایک میں کارتوسیں بھی ۔ ۔ ۔" ارمیلا کو بھی شاید اپنے لہجے کا ڈر محسوس ہو گیا تھا۔ کچھ تھکی تھکی سی آواز میں بولی "جانے کیوں مجھے ڈر لگ رہا ہے۔ شہر کی فضا بھی کچھ دنوں سے بدلی ہوئی ہے۔ مگر افتخار صاحب ۔ ۔ ۔"

"ہاں۔ مجھے بھی یہی شک ہے۔ افتخار صاحب کے یہاں کارتوسیں یہ کیسے ہو سکتا ہے؟"

"صاحب! کل جو ٹی۔ وی پر دکھایا گیا تھا وہ دھرو تارا تھا نا ۔ ۔ ۔؟" (دھرو تارا اپریل ۱۹۸۶ء کے وسط سے آسمان پر دکھائی دیا تھا۔ اُس زمانے میں ملک کی صورتِ حال کو لے کر

اخبارات تشویش ظاہر کر رہے تھے۔) رام پکار پوچھ رہا تھا۔

"ہاں ٹھیک کہے۔ دھرو تارا ہی تھا۔" دماغ بوجھل ہو تو کچھ بھی جواب دیتے ہوئے اچھا نہیں لگتا۔

"یہ دھرو تارا کیا ہوتا ہے صاحب؟"

رام پکار کی آنکھوں میں تجسس تھا۔ ارمیلا بھی شاید خود کو پچھلی باتوں سے کاٹنے کی کوشش کر رہی تھی۔ دونوں کا جائزہ لیتے ہوئے بولا "کہتے ہیں جب دنیا میں کوئی آفت آنے والی ہوتی ہے یا کوئی بہت بڑا لیڈر مرنے والا ہوتا ہے تو آسمان پر دھرو تارا دکھائی دیتا ہے۔ فرسٹ ورلڈ وار کے دوران بھی یہ دھرو تارا آسمان پر دکھائی دیا تھا۔"

"اچھا ہے صاحب۔ دنیا ختم ہو جائے۔"

رام پکار زمین پر بیٹھتے ہوئے بولا "اور کیا رکھا ہے صاحب دنیا میں۔ ہمارے وقت میں تو ایسا کچھ بھی نہ تھا۔ ٹھاٹھ سے کھاتے تھے اور عیش کرتے تھے۔ مگر اب تو سب کچھ بدل گیا صاحب۔ اب یہی تو گھر گھر ٹی۔وی آ گئی ہے۔ پہلے بھوپنو کو بولتے ہوئے دیکھ کر حیرت ہوتی تھی۔ مگر سچ پوچھو تو صاحب اس طرح کی ترقی سے خوشی نہیں ہوئی۔ جیسن بیٹا جو خبریں سناتی ہیں اور ٹی۔وی پر جو کچھ دیکھتا ہوں، اس سے جینے کی آگے خواہش نہیں ہوتی۔ صرف دھماکوں کی بات۔ بم کی بات۔ یہ ملک بم بنا رہا ہے۔ وہ ملک بم بنا رہا ہے۔ اپنے ملک کا ایک ٹکڑا چھین کر مسلمانوں نے اپنا الگ ملک تو بنا لیا پھر بھی چین نہیں پڑا۔ جائیداد سے حصہ بٹایا سو الگ۔ اب گھر توڑ رہے ہیں۔ اچھی سمجھداری ہے ان کی بھی صاحب ۔ ۔ ۔"

"لو دیکھو۔ رام پکار تک یہی سوچتا ہے۔" ارمیلا نے میری طرف دیکھا۔ مگر افتخار صاحب ۔ ۔ ۔"

"ہاں میں بھی یہی سوچتا ہوں۔ کل ہی تو ان کی لڑکی نادرہ آئی تھی ملنے کے لئے۔ جیسن کی دوست بھی ہے ۔ ۔ ۔"

میری بات کاٹتے ہوئے ارمیلا بولی۔ "اور خود افتخار صاحب بھی تو برسوں سے ایک بھائی کی طرح اس گھر سے جڑے رہے ہیں۔"

میں نے پھر شک ظاہر کیا "مگر تم اتنے وثوق سے کیسے کہہ سکتی ہو کہ وہ کارتوس ہی۔۔"

"میں خطرہ بھانپ رہی ہوں" اُرمیلا نے بُرا سامنہ بناتے ہوئے کہا "یہ مسلمان لوگ یکدم سے کائیاں ہوتے ہیں۔ تمہیں پہچان ہو یا نہ ہو لیکن میں پہچان گئی ہوں۔ جمشید پور میں میری بہن کے سسرال کے کافی لوگ مارے گئے تھے اور کن لوگوں نے مارا تھا۔۔۔ میں تو سب کچھ اُوپری دکھاوا سمجھتی ہوں نہیں تو افتخار صاحب یہ کیسے ہو سکتا ہے؟"

"تم ہوش میں نہیں ہو۔۔" اُرمیلا بگڑ کر بولی "یہ تمہاری ددتی بول رہی ہے۔ شہر کی فضا خراب ہے اور افتخار صاحب نے اپنی حفاظت کے لئے اور۔۔۔ تمام انتظامات کر لئے ہیں"

یہ سچ ہے شہر کی فضا دو ایک روز سے بہت خراب چل رہی تھی۔ عام جنتا کے بیچ ایک تناؤ کا ماحول دیکھنے میں آرہا ہے۔ مگر اس تناؤ کے ماحول میں افتخار صاحب جیسا سنجیدہ اور پڑھا لکھا آدمی بھی اس گھٹیا سطح پر آکر سوچ سکتا ہے۔ یہ میرے لئے حیرانی کی بات تھی۔ پتہ نہیں ڈر اور خوف کے کیسے ٹوٹے پھوٹے پل پر سوار ہو گئے ہیں ہم جہاں سے شک و شبہات کے علاوہ دوسرا کوئی خیال زور پکڑتا ہی نہیں۔ اُرمیلا نے کتنی بار کہا۔ ان چھوٹے موٹے سامانوں کا جھنجھٹ چھوڑو۔ ضروری سامان آج کے دور میں صرف ہتھیار ہیں۔ ہتھیاروں کی موجودگی میں یہ خیال ہم سے جڑا رہے گا کہ مریں گے تو پانچ کو مار کر۔ تم کیوں نہیں گن (Gun) خریدنے کے لئے پرمیشن لیتے ہو۔ ہمیں اپنی حفاظت کے لئے کچھ نہ کچھ سامان تو گھر میں رکھنے ہی ہوں گے۔"

"پہلے سوچا تھا۔ کیوں۔ کس لئے۔۔۔ کس کو مارنے کے لئے؟ محلے میں ایسا ہے ہی کون جس کے لئے ہتھیار رکھنے کی ضرورت پیش آئے مگر آج پتہ نہیں کیوں۔ ہتھیار کی ضرورت محسوس ہو رہی ہے۔ جب ایک انجانے سے خوف نے اندر ہی اندر مجھے جھید ڈالا تھا۔ اگر ایسا ہو گیا تو بغیر ہتھیار کے کیسے لڑیں گے؟ ہتھیار تو مجھے پہلے ہی خرید لینے چاہیئے تھے۔۔۔"

چائے کا خالی کپ لے کر رام پکار کمرے سے باہر نکل گیا۔ نگاہ اٹھی تو سامنے جبین نظر آئی جو ٹھیک اسی وقت کمرے میں داخل ہوئی تھی۔

"ارے پاپا۔۔۔ تمہارے اس تھنکنگ موڈ سے بعض دفعہ چڑھ سی ہوتی ہے"

جبین ہلکے سے چلائی۔ ذرا پیپر دیکھوں۔ آج ٹی۔وی پر کون کون سے پروگرام ہیں۔ بیٹنے

پلٹتے ہوئے اس کا موڈ پھر آف ہو گیا تھا۔ روز وہی راجیو گاندھی کی بات چیت۔ امریکہ کا دورہ۔ رُوس کا دورہ۔ سارے پروگرام روک کر اب بس یہی دینے لگے ہیں۔ ٹی وی والے۔ آج پھر وہی۔ ضیاء، راجیو بات چیت۔ اور بات چیت میں کیا ہوتا ہے۔ صرف بم دھماکوں کی باتیں۔ اب تو یہ سب روز روز سُنتے سُنتے اندر بھی دھماکے ہوتے رہتے ہیں۔ ایسا کیوں ہوتا ہے پاپا۔ کیا آپ محسوس نہیں کرتے روز روز ان بموں اور دھماکوں کی خبر دیتے ہوئے حکومت ہم سب لوگوں کو سلو پوائزن دے رہی ہے۔۔۔"

"سلو پوائزن؟" میں نے جین کی طرف دیکھا۔

"ہاں پاپا۔ یہ سلو پوائزن" یہ سائیکلوجیکل ایفکٹ ڈالنے کا کامیاب تجربہ ہے۔ پوری آبادی کو بھڑکا دو۔ ہر طرف ڈر اور خوف کا جال بُن دو۔ خطرے کا احساس دلاتے ہوئے اسے اندر سے توڑ دو۔ عام آدمی اس طرح کے ماحول میں زیادہ اُڑنے کی کوشش نہیں کر سکتا۔ ٹی وی، ریڈیو، پیپرس عام آدمیوں کے دماغ خراب کرنے کے لئے کافی ہیں کسی دن کا بھی پیپر اٹھا لیجئے کوئی بھی خبر ان دہشت بھری خبروں سے الگ نہیں ہے۔ میں نہیں سمجھ سکی پاپا، آخر ایسا کیوں ہے؟ گورنمنٹ چاہتی کیا ہے۔ ہے نا کڑوی بات پاپا ... مگر یہ صحیح ہے۔۔۔" جین ذرا ٹھہر کے بولی "کل اسی لئے نادرہ سے میری تھوڑی سی لڑائی بھی ہو گئی۔ بعد میں خیال آیا۔ میں بھی کتنی کنزرویٹیو ہو گئی تھی۔"

"نادرہ سے تمہاری لڑائی ہو گئی؟"

"ہاں پاپا۔ وہی ہندوستان پاکستان کے ایشو کو لے کر۔" جین ہنستی ہے۔ "شری لنکا سے میچ چل رہا تھا نا اور پاکستان جیت رہا تھا۔ میں نے نادرہ سے کہا کہ تم تو پاکستان کے جیتنے پر خوش ہو رہی ہو گی اس پر نادرہ بولی۔ مجھے کیوں خوشی ہو گی تو میں نے جھٹ سے اُس پر پاکستانی کی مہر لگا دی۔ نادرہ بگڑ گئی۔ اس نے بس اتنا ہی کہا کہ وہ آج کے اس گندے ماحول میں بار بار۔ اس بات کا احساس دلانے کی ضرورت نہیں محسوس کرتی کہ وہ جس قوم کو بیلونگ کرتی ہے وہ اس ملک کے لئے وفادار ہے۔ شاید ایسا احساس دلانے سے بھی شک و شبہ کی ایک فضا قائم ہوتی ہے۔ مجھے لگتا ہے نادرہ ٹھیک کہتی ہے۔ ساتھ ساتھ جیتے ہوئے

یہ آروپ (الزام) کچھ اچھا نہیں لگتا۔ میں نے سوچ لیا ہے۔ آج ہی جاؤں گی نادرہ سے معافی مانگنے کے لئے۔"

"مگر آج تم نہیں جاؤگی۔" اُرمیلا جو کافی دیر سے چپ تھی، اپنا فیصلہ سُناتے ہوئے کہا۔

"مگر کیوں؟"

"ہاں بیٹی! آج تم نہیں جاؤ گی۔" میں نے جین کو سمجھانے والے انداز میں کہا۔

"کوئی خاص بات ہے؟" جین نے باری باری ہم دونوں کو دیکھا۔

اُرمیلا پھر ناگواری سے بولی "نہیں کوئی خاص بات نہیں ہے۔ مگر تم نہیں جاؤ گی۔"

"آج یا کبھی نہیں؟"

"یہ وقت بتائے گا۔" اُرمیلا کے لہجے میں تلخی تھی "ویسے تمہیں بتادوں افتخار صاحب اچھے آدمی نہیں ہیں۔۔"

جین ایک دم سے اُچھل پڑی "ممی یہ بات تم کہہ رہی ہو۔ افتخار انکل کے بارے میں۔ یہ بات تم کہہ رہی ہو ممی۔ دُکھ سُکھ کے کتنے ہی موقعوں پر انھوں نے ہماری دل کھول کر مدد کی۔ پھر تم نے ہی تو بتایا تھا کہ میری پیدائش کے وقت بھی۔۔"

"وہ بات کی بات تھی۔ آدمی، آدمی کو سمجھنے میں دیر لگتی ہے"

"مگر اچانک یہ سب۔۔۔"

"بس تم نہیں جاؤ گی اور نادرہ سے بھی نہیں ملو گی"

اُرمیلا غصّے میں کھڑی ہوگئی۔ پھر بڑبڑاتی ہوئی کمرے سے باہر نکل گئی۔ جین کی آنکھیں اب تک حیرت سے پھٹی ہوئی تھیں۔ رام پکار نے اندر آتے ہوئے دریافت کیا۔۔۔

"میم صاحب کی طبیعت خراب ہے کیا؟"

"نہیں رام پکار۔۔"

"تو پھر۔۔۔" رام پکار نے کمرے میں پسری ہوئی خاموشی کا جائزہ لیتے ہوئے کہا۔۔"

"کچھ باتیں ہم سے چھپائی جارہی ہیں سب۔ جین بیٹا بھی خاموش ہیں کچھ گڑبڑ ہے کیا صاحب۔۔۔ شہر کی حالت بھی ان دنوں اچھی نہیں ہے۔۔"

میں نے جین کی طرف دیکھا۔ کافی دیر بعد، خود کو معمول پر لانے کی کوشش کی۔ پھر ایک ٹھنڈی بوجھل سانس بھرتے ہوئے کہا۔" جین! ہم کس دُنیا میں سفر کر رہے ہیں۔ جانتی ہو اسٹار وارس (Star-war) کے عہد میں۔ کبھی کبھی ایسا لگتا ہے جیسے بالکل اچانک دوسرے پلانٹ سے کوئی آدمی ہمارے سامنے آکر ہمیں چونکا دے گا۔ مگر نہیں۔ اب خوف محسوس ہوتا ہے... جب ترقی اور نیوکلیائی ہتھیاروں کے دَوڑ میں لیسر ریز، نیوٹران پارٹیکل بم اور اسٹریٹیجک ڈیفنس اینشیٹو (Stretegic Defence Initiative) کی باتیں سُنتا ہوں۔ تم بھی پڑھی لکھی ہو جین۔ کیا تم محسوس کر رہی ہو۔ یہ وحشت کیوں پھیلائی جا رہی ہے۔ ڈیفنس کے ہتھیار کو لے کر توڑ پھوڑ کی یہ کیسی کاروائی چل رہی ہے۔ بیس کے نام پر کیا کچھ ہو رہا ہے۔ اور اس طرح کی خبروں کو بار بار پڑھا کر اور سُنا کر ہم سے کیا کہا جا رہا ہے۔ محض اتنی سی بات کہ ہم ترقی کر رہے ہیں۔ چاند ستاروں سے آگے جا رہے ہیں۔ نہیں جین نہیں... کم از میرے خیال میں نہیں۔ میں ایسا نہیں سوچتا..."

"ہاں پاپا!" جین نے کچھ سوچتے ہوئے کہا۔" جب اپنے ہی لوگوں کے لئے ایک ڈر ایک خوف، ایک خطرہ جاگتا ہے تو میں بھی کچھ ایسا ہی سوچتی ہوں کہ یہ محض ترقی نہیں ہے، بلکہ یہ کچھ اور بھی ہے۔ ہر آدمی کو کھلی آزادی کا سلوگن دے کر، خوف اس کی آنکھوں میں بٹھا کر لمحہ لمحہ اس سے کچھ چھینا جا رہا ہے۔ امریکہ میں یہ وبا عام ہے کہ بچے اپنے ماں باپ کے جھگڑے کی خبر وہاں کی پولس کو دے دیتے ہیں اور پولس انہیں آکر گرفتار کر لیتی ہے۔ انجانے میں کیا ایسا نہیں لگتا کہ ہم پر ہر جگہ ایک انکش لگایا جا رہا ہے... اپنے آپ کو سمجھانے کا... روکنے کا... ہر قدم پر خود سے سمجھوتے کا... انکش —"

اس لئے افتخار صاحب والی بات مجھے جچتی نہیں ہے۔" میں نے غصّہ سے کہا۔" اب یہی دیکھو محض بے بنیاد خوف کے نام پر تمام دروازے بند کروا دیئے ہیں ارمیلا نے۔ اندر داخل ہونے والا یہ ڈر آیا کہاں سے؟ لگتا ہے کھلی آزادی دے کر ٹکڑے ٹکڑے کرتے ہوئے بدن کی پوری عمارت کو توڑے جانے کی ایک بھیانک سازش چل رہی ہے...

"ہم اسپیس ایج سے بھی آگے بڑھ رہے ہیں پاپا۔" جین نے منہ بنایا۔" ترقی کے بیہودہ

نام پر یہ سب کچھ تو برداشت کرنا ہوگا اور ترقی کو کیا نام دیا ہے ... اسٹرٹیجک ڈیفنس اینشیٹو۔ کامن ویلتھ ہیڈس (Common Wealth Heads) کی کانفرنس بھی کوئی مسئلہ نہیں سلجھا سکتی۔ صرف اٹھا سکتی ہے مسئلہ زمین کی جنگ میں اسٹارس کو سمیٹنے کا سلسلہ ... دو بڑی طاقتوں کی اس ایٹمی ہوڑ میں بیمار دُنیا کے اپسنے کا سلسلہ ... اور اسٹار وارس کی اس خوشنما خواب کا نام رکھا اسٹرٹیجک ڈیفنس اینشیٹو یعنی تزویزی دفاعی اقدام ... ترقی کے اس کورے فلسفے کا ہی یہ بھیانک نتیجہ ہے ... ہمارا اس سطح پر سوچنا ــــــــ شک وشبہات کے اس پولیوشن (Pollution) میں بڑے بڑے کھلونے تھما کر ہماری اُڑان کے پروں کو کاٹ دیا گیا ہے اور ایک بند بندے ماحول میں اس گھٹیا سطح سے ہم باہر نہیں اُٹھ سکتے ... افتخار انکل کے بارے میں کم از کم میں تو ایسا سوچ نہیں سکتی ...؟

"میں بھی ایسا نہیں سوچتا۔ مگر اُرمیلا نے افتخار صاحب کے سامانوں میں کارتوس ..."

"کارتوس ...؟ جین چونک گئی ..." ممی نے کارتوس دیکھا ہے ...؟

"دیکھو جین میں خود ایسا نہیں سوچتا۔ مگر ..." اپنے لہجے کو کمزور محسوس کرتے ہوئے میں بولا ... مگر یہ تو سوچو کہ دہشت کی شروعات کہاں سے ہوتی ہے۔ اندر، اندر یہ اپنی جڑیں کیسے مضبوط کر جاتا ہے۔ ہمیں کھوکھلا کرتے ہوئے یہیں پر ایک سوال اٹھتا ہے۔ اُرمیلا نے سچ مچ کارتوس دیکھا ہے یا اس کا شک ہے۔ دراصل یہ بھی ہمارے نکلے ہونے کا احساس ہے۔ نتیجہ ہے۔ اُرمیلا نے یہ کیسے سوچ لیا میں نہیں کہہ سکتا۔ مگر کچھ تو احساس رہا ہوگا جو برسوں سے تھوڑا تھوڑا کر کے اس کے اندر جمع ہوتا رہا ہوگا ... بات اگر غلط بھی ہے تو لگتا ہے انجانے میں ہی اپنی ناسمجھی کے بل پر بے بنیاد شک وشبہات کے دائرے میں کچھ خوفناک ہتھیار جمع کر لئے ہیں ہم نے "دوسروں کے لئے۔ اور اپنی دفاع کے لئے الفاظ تو ہیں ہی ہمارے پاس۔ کبھی کبھی سوچتا ہوں ڈیفنس کے نام پر کیا کچھ کارروائی چلتی رہی ہے دُنیا میں۔ امن کے نام پر آپس میں ہونے والے نیوکلیائی اور ایٹمی ہتھیاروں کا استعمال کیا پوری انسانی برادری کو ایک خوفناک تباہی کی طرف نہیں ڈھکیل رہا ہے۔" میں نے ایک ٹھنڈی سانس لی "خبروں نے جو خوف کا ماحول بنایا ہے جین ہم اس سے باہر نہیں دیکھ سکتے"

"اور اسی کا نتیجہ ہے کہ ممی نے افتخار انکل کو..." اس نے کچھ سوچتے ہوئے کہا۔

"ٹکڑے ٹکڑے یہ تمام باتیں اس ایک انجانے سے خوف سے ضرور جا ملتی ہیں۔ سوال ہے یہ وحشت اندر کیسے اُگ آئی پاپا۔ انجانے میں اندر سے سوالات اُٹھتے ہیں جن کا اپنے پاس کوئی حل نہیں ہوتا..."

"یا ہم ڈھونڈھنے کی...؟"

اسی کے ساتھ میں کچھ دیر کے لئے ٹھہر گیا تھا۔ جین بھی چونک گئی تھی۔ دروازے پر دستک گونجی تھی۔ میں نے حیرت سے جین کو دیکھا۔ ابھی ہونے والے سارے مکالمے پل میں سو گئے۔

... اندر سے اُٹھ کر اُرمیلا بھی دستک سن کر چلی آئی تھی۔ رام پکار دروازہ کھولنے ہی والا تھا کہ اُرمیلا بولی۔

"دروازہ نہیں کھلے گا۔"

دستک برابر ہو رہی تھی۔

میں نے ناگواری سے کہا "یہ کیا نادانی ہے؟"

جین نے غصے سے ممی کو دیکھا "کیوں نہیں کھلے گا؟"

"دروازہ نہیں کھلے گا" اُرمیلا نے فیصلہ سنا دیا تھا۔

دروازے پر پھر آواز گونجی "بھائی صاحب۔ دروازہ کیوں نہیں کھل رہا ہے میں ہوں... میں ہوں افتخار"

افتخار کے نام پر اُرمیلا کچھ گھبرا سی گئی۔ جین نے اُٹھنا چاہا۔ رام پکار نے آگے بڑھ کر میرے اشارے پر دروازہ کھول دیا۔ بوجھل قدموں سے افتخار اندر آ گئے۔ چہرہ کچھ زرد زرد دکھ رہا تھا۔ بال پریشانی سے اُلجھے تھے۔ کمرے کی پُر اسراریت شاید افتخار نے بھی بھانپ لی تھی۔

"کیا بات ہے بھابھی۔ تیجا کوئی خاص بات ہے کیا؟"

"نہیں۔ بس یونہی۔ شہر کی فضا کچھ خراب ہے نا آجکل۔"

"اوہ" افتخار کرسی پر بیٹھ گئے تھے۔ "آج میں بہت تھکا ہوا ہوں تیجا۔ شاید ٹوٹا ہوا کہنا چاہئے مجھے۔ گاؤں سے آج واپسی ہوئی تو محسوس ہوا کسی نے اپنا آدھا بازو ہی کاٹ دیا ہو۔"

"بات کیا ہے افتخار؟" میں چونک پڑا تھا۔

"میں نے گاؤں کا اپنا پشتینی مکان بیچ دیا ہے۔" افتخار رُندھے گلے سے بولے۔ "بیل گاڑی پر اُٹھ کر آج پورا سامان یہاں آ گیا۔ کیوں تم نے سامان اُترنے کی آواز نہیں سُنی۔ اُرمیلا تو ایک دو بار باہر آئی بھی تھی۔ اور میں نے اُرمیلا کو پکارنا بھی چاہا تھا۔"

اُرمیلا کے ساتھ ساتھ سب چونک گئے تھے۔

اور افتخار کہہ رہے تھے۔ ۔ ۔ پشتینی مکان کا اپنا ایک الگ درد ہوتا ہے تینجا ۔ ۔ ۔ باپ دادا ؤں کی یادیں جو جُڑی ہوتی ہیں اُن سے ۔ ۔ ۔" اچانک افتخار نے جیسے کچھ بھانپ لیا۔ مگر تم سب اتنے چُپ کیوں ہو ۔ ۔ ۔؟"

"چُپ ۔ ۔ ۔ نہیں تو ۔ ۔ ۔"

جین نے اِدھر اُدھر دیکھا۔ پھر ایک زوردار قہقہہ لگاتی ہوئی بولی ۔ ۔ ۔

"افتخار انکل۔ دراصل بات یہ ہے کہ ممی کا کارتوس ہی خراب نکل گیا ۔ ۔ ۔"

۳

رنگ کوئی بھی ہو دوبارہ لوٹ ہی آتا ہے۔ محفل ایک بار پھر زعفران زار بن چکی ہے۔ انجانا سا وہ خوف ایک بار پھر سب کے اندر سو گیا ہے اور افتخار کے ساتھ سب کے سب زندہ دل قہقہوں میں شریک ہو گئے ہیں ۔ ۔ ۔ مگر میں پتہ نہیں کیوں پوری طرح ان سے نہیں جُڑ سکا ہوں ۔ ۔ ۔ اُرمیلا چائے بنانے چلی گئی ہے۔ اور جین اپنے افتخار انکل کو چھیڑ رہی ہے۔ سوچتا ہوں ۔ ۔ ۔ یہ سب رسم کب تک تھمے گی ۔ ۔ ۔ یہ جنگ ابھی تو رُک گئی مگر بعد میں کبھی بھی تو اُبھر سکتی ہے ۔ ۔ ۔ اچانک ہم تبدیلیوں کا لباس کیسے اوڑھ لیتے ہیں ۔ ۔ ۔" اور تبدیلی کے باہر کیا ہے ۔ ۔ ۔ تشنّگی کی ایک معمولی سی طاقت بے اطمینانی کے علاوہ ۔ ۔ ۔؟

۴

اپنے آپ سے ہونے والی اس اندرونی کیفیت کی جنگ میں۔

ہمیں ہمیشہ سے ملتی رہی ہے ہار!
جو کافی ہے اپنی آتما پھونکنے کے لئے
اب کوئی انکش نہیں رکھنا ہے ہمیں اپنی ذات پر
اور جنگوں سے باہر نکل کر دیکھنا ہے؛

گلبن ۱۹۸۷ء ◆◆

مہاندی

"سردارے! تم میری کہانیوں میں کیوں نہیں اُترتے؟"

"اس لئے کہ تم اُتارنا نہیں چاہتے!"

"سردارے، تمھیں اُتاروں بھی تو کیسے اُتاروں؟ تم تو مہاندی ہو —— ہاں، مہاندی، جہاں دُنیا کی ساری ندیوں کا سنگم ہوتا ہے۔ کتنی نسلیں ایک ساتھ بستی ہیں تمھارے اندر! کتنے رنگوں، ذاتوں، مذہبوں، زبانوں کے لوگ پلتے ہیں تمھارے اندر! تم تو جیسے سب کی بھاشائیں جانتے ہو۔ اسی لئے تو سب کو سمو کر مہاندی بن گئے ہو تم! ہاں سردارے تم کبھی نہیں مروگے۔ مہاندی بھی مرتی ہے کیا؟ ساگر کبھی خاموش ہوا ہے کیا!"

مَیں شونیہ (صفر)، میں ہوں اور شونیہ۔ میں دُور تک پھیلی ہوئی ایک گپھا دیکھ رہا ہوں۔ تاریک گپھا۔ ہاتھ کو ہاتھ سجھائی نہیں دیتا، جیسے کسی ڈراؤنی طوفانی رات کا کالا آسمان ہو۔ اُفق تک بچھا ہوا۔ میں اس گپھا میں ہی کہیں ہوں، کہیں بیچ میں، جہاں دونوں ہاتھوں کی قینچیاں کاٹتے ہوئے بھی اندھیرے میں راستہ نہیں ملتا۔ بس آنکھوں کے پردے پر دھیرے دھیرے ایک ایک تصویر بنتی ہے، اُبھرتی ہے۔ بہت سفید ڈاڑھی، نورانی چہرہ، لمبا قد، سر پر جمی ہوئی اُجلی پگڑی، براق کرتا پاجامہ۔ عمر کی لمبی ندی پار کرنے کے باوجود چہرے پر جھرّیوں کا نام ونشان تک نہیں۔ مسکرانے میں کبھی کسی لمحہ کوئی کمی نہیں آئی۔ ہر وقت گنگناتے، مسکراتے ہونٹ اور بولتی ہوئی آنکھیں۔ ان آنکھوں میں بس ایک ہی

بار کسی شکایت کے لمحے کو جگہ ملی تھی۔ وہ ۱۹۸۴ء کی خونی نومبر سے کچھ پہلے کی بات تھی سردارے کے ہونٹوں پر یہ لفظ تھرتھرائے تھے، "تجھے لگتا ہے ——— مجھے پتہ نہیں کیوں لگتا ہے کہ میرے دل پر کوئی چپکے چپکے سیندھ لگا رہا ہے۔ کون؟ میرے ہی اپنے ——— مجھے لگتا ہے۔۔۔"

"سردارے" بس اتنا ہی بول کر خاموش ہو گیا تھا۔ اور ساگر بھی اتنا ہی بول کر چپ ہو گیا تھا۔ اُس نے خود کو چھپانے والی وہی مسکان اوڑھ لی تھی جس پر ہم سب کو فخر رہا تھا۔ سردارے جیسا بزرگ ہمارے درمیان ہو تو ہم پر کوئی مصیبت نہیں آسکتی، کوئی مسئلہ پیدا نہیں ہو سکتا۔ مسئلہ سردارے کی زندگی میں تو پیدا نہیں ہوا۔ جو اپنی مسکان سے زندگی بھر آتشِ نمرود کو بجھانے میں لگا رہا۔ آزادی سے اُبھرے ہوئے دنگے۔ ۱۹۴۷ء کی آگ رہی ہو یا ۱۹۸۴ء کے خونی نومبر کا لہو، سردارے تو بس مسکراہٹوں کی تجارت ہی جانتا تھا۔" بھائیا جی! اب اپنی خاک چھوڑ کر جانا بھی کہاں؟ ہم سے اپنی مٹی نہیں چھوڑی جاتی۔ ہم نے تو ٹھان لی ہے۔ مار دو تو مر جائیں گے اور لمبی ہجرت کر لیں گے۔ تجھے لگتا ہے۔ (آواز بھرّا گئی ہے) مجھے لگتا ہے چپکے چپکے کوئی دل پر سیندھ لگا رہا ہے۔ کون؟ میرے اپنے۔"

مہاندی چپ ہے۔ اتہاس کے سارے ہنّوں کو اوڑھ لو تو وہی اَنت تک پھیلی ہوئی مسکراہٹ۔

اُس دن امریک بتا رہا تھا، "تو نے سُنا؟ سردارے کے نام پر محلے میں ایک خوبصورت سا چوک بنانے کی یوجنا پر چل رہی ہے۔"

"کہاں؟"

"ارے یار، وہیں اپنے کھیاڑی میدان میں۔ اُسی کو نئے سرے سے پارک کی شکل دی جائے گی۔"

"کون کرا رہا ہے یہ سب؟"

ایک لمبی خاموشی اوڑھنے کے بعد ایسا لگتا ہے کہ سیاسی مُہروں نے سردارے کی

مؤنث کو بھی کیش کرانے کا ارادہ کر لیا ہے۔ اس میدان کو پارک بنانے کی اسکیم کتنی ہی بار بنی ہوگی مگر عمل کبھی نہیں ہوا۔ لیکن اس بار سردارے جیسی داستانی شخصیت کا نام جڑا ہو تو؟

امریک نے میری آنکھوں میں جھانکا تھا۔ "میں مانتا ہوں کہ سردارے کے نام پر کوئی یادگار بننی چاہیئے۔ پارک بھی اچھی چیز ہے۔ مگر جن کا نام ایسی یادگار قائم کرنے سے جڑا ہے وہ لوگ؟ سردارے جیسی شخصیت کا نام کیش کرنے میں۔ بھی انھیں شرم نہیں آئی؟"

میں شونیہ یاترا میں ہوں اور اس صفر کے سفر میں صرف ایک چہرہ ہے۔ جو میرے آگے ڈولتا ہے، ابھرتا ہے، روشن ہوتا ہے، بجھتا ہے اور یہ چہرہ سردارے کا ہے۔ سردارے جس نے صدیوں کے اتہاس کی جگالی کی ہے اور پھر خود ایک اتہاس بن گیا —— وہ کہانی جو اس جونرا بستی میں گھر گھر گونجتی ہے۔ خود میں نے بھی کتنی ہی بار سردارے کی زبانی سنی ہے۔ آج یہ کہانی مجھ سے مانگ کرتی ہے کہ اسے لکھوں۔ اسے جوندی نہیں، مہاندی تھا، جہاں دنیا کی ساری ندیوں کا سنگم ہوتا ہے۔ انجانے میں قلم اٹھاتا ہوں تو ایسا لگتا ہے کہ سردارے یہاں بھی ایک گائیڈ کی طرح میرے ساتھ ہے۔ وہی نورانی چہرہ، مسکراہٹوں کی اننت یاترا پر نکلا ہوا۔

بات ۱۹۴۷ کے دنگوں کی ہے۔

جونرا بستی کوئی ایسی بستی نہیں ہے کہ تاریخ میں اس کا کوئی مقام ہو اور آپ کا اس کے بارے میں جاننا بہت ضروری ہو۔ ہاں کسی واقعہ کو اچھی طرح سمجھنے کے لئے اس کا جغرافیہ پہلے سے جان لینا بہت ضروری ہوتا ہے۔ تقریباً پچاس باون گھروں پر مشتمل ہوگی یہ بستی۔ بہار کے ایک چھوٹے سے ضلع بھوجپور کے نقشے میں آپ اس بستی کا سراغ پا سکتے ہیں۔ آگے لکھی پور ہے۔ یہ بھی پچاس باون گھروں پر مشتمل بستی ہے۔ ان دونوں بستیوں کو ایک چھوٹی سی ندی جوڑتی ہے، جہاں ڈباؤ بھر پانی ہے اور مچھلیاں اتنی کافی کہ ان بستیوں کے کتنے ہی لوگ مچھلی پکڑنے اور شہر جا کر فروخت کرنے کا دھندا بھی کرتے ہیں۔ لکھی پور بستی میں مسلمانوں کی تعداد زیادہ ہے تو جونرا بستی میں اہیروں کی۔ جونرا بستی میں پکے مکانات گنتی کے ہیں۔ سب سے پختہ مکان پریم سنگھ کا ہے،

جواپنی خوش مزاجی، دوستی اور سب سے محبت کا برتاؤ کرنے کی وجہ سے "سردارے" بن گئے ہیں۔ پتہ نہیں کب کس کے منہ سے پہلی بار یہ محبت بھرا لفظ نکلا ہوگا: "او سردارے!" اس وقت سے سردارے ہیں پریتم سنگھ۔ کسی کی لڑکی سیانی ہوگئی ہو اور شادی کرنی ہو، کسی کو جہیز جوڑنا ہو، کسی کے گھر فاقہ ہو، سردارے کا مکان سب کے لئے کھلا ہے "آؤ بادشاہو!" گاؤں والے کہتے بھی ہیں، حاتم طائی کی کہانی دیکھنا ہو تو چونڑا بستی میں آجاؤ اور سردارے کے دروجے چلے جاؤ۔ کوئی کبھی خالی ہاتھ نہیں گیا۔ پریتم سنگھ کے گھر کے برابر میں دو مسلمانوں کے گھر ہیں۔ ایک ہے لطیف میاں۔ دوسرے جنید میاں ہیں۔ ان دونوں کے یہاں کھیت ہیں۔ زندگی کی گاڑی ان ہی کی مدد سے چلتی ہے۔ ان گھروں سے پندرہ سترہ مکان چھوڑ کر جنید میاں کا مکان ہے، جو جنید میاں کہہ کر پکارے جاتے ہیں۔ یہ شہر جاکر گھر گھر کپڑے بیچنے کا دھندا کرتے ہیں۔ بیوی گھر میں ہی رہتی ہیں۔ دو بچے ہیں۔ بہت چھوٹے۔ گود کے۔ چونڑا بستی میں کل تین گھر ہی تھے مسلمانوں کے۔ دس بارہ گھر سکھوں کے تھے اور باقی گھر اہیروں کے، کمہاروں کے۔

یہ اُن ہی دنوں کی بات ہے جب غلامی کی بیڑیاں تنگ ہوگئی تھیں تو جیالوں نے سر سے کفن باندھ لیا تھا۔ وہ موت مٹھیوں میں لے کر گھر سے نکلے تھے۔ سب کے ہونٹوں پر صرف آزادی کی پکار تھی۔ سڑکوں پر بے رحمی سے معصوم ہندوستانیوں کا لہو بہہ رہا تھا۔ پورے بھارت میں آگ لگی تھی۔ "انگریزو بھارت چھوڑو!" کے نعرے بچے بچے کی زبان پر تھے۔ بغاوت کی صدا جو تیز ہوئی تو انگریزوں نے چلتے پر تیل چھڑکا۔ "پھوٹ ڈالو اور راج کرو۔" آزادی کا تحفہ ہاتھوں میں دیتے دیتے وہ ہر چہرے پر مذہب کی بھاشا لکھتے گئے۔ اِدھر آزادی ملی اور اُدھر ملک کے مختلف علاقوں سے دنگوں کی خبریں آنے لگیں۔ ہندو مسلم فساد۔ بٹوارے کی آگ اپنا کام کر گئی تھی۔ پورا برصغیر تباہی کی بھٹی میں سُلگ رہا تھا اور دھیرے دھیرے آگ کی یہ لپٹ، چونڑا بستی میں بھی آپہنچی تھی۔

لطیف میاں نے پریتم سنگھ کے دالان میں بیٹھے بیٹھے ٹھنڈی سانس بھری۔ "سردارے، اب ہمارا کیا ہوگا؟"

پریتم سنگھ نے دیوار پر ٹنگی ہوئی گروؤں کی مقدس تلوار کی طرف دیکھتے ہوئے کہا "قسم ہے

واہے گرو کی، لطیفے چین سے رہ کچھ نئیں ہونے کا۔"

"مگر سردارے، اگر یہ آگ یہاں بھی پہنچ گئی تو ———— ہم تو یہاں کُل ملا کر صرف تین گھر ہیں۔"

"تین نہیں، باون گھر۔ سب اپنے ہیں، لطیفے۔ پیرو میاں سے بھی بول، گھبرائیں نئیں۔ کچھ نئیں ہونے کا۔ صرف احتیاط رکھیں۔ جب تک آگ گرم ہے، گھر سے باہر قدم نئیں رکھیں۔"

لطیفے کو تسلی دے کر پریتم سنگھ گھر سے باہر نکلے۔ کمر میں تلوار اڑسی۔ صبح کا سورج آگ کے گولے برسا رہا تھا۔ گھر سے باہر نکلتے ہوئے سردارنی نے ٹوکا بھی: "کتھے چل دیئے؟" پریتم سنگھ صرف ہاتھ سے چپ رہنے کا اشارہ کر گئے۔ باہر نکل کر انھوں نے ہر دیال سنگھ اور دوسرے سکھوں سے باتیں کیں۔ سب نے ہی کہا کہ آنے والے خوفناک لمحے کے بارے میں ابھی سے وہ کچھ نہیں کہہ سکتے لیکن لکھی پور بستی میں مسلمانوں نے کافی مار کاٹ کی ہے اور یہاں اہیروں میں بھی کافی بے چینی ہے۔ وہ کچھ کرنے پر اتر آئے تو۔۔۔"

"نئیں، اس بستی میں ایسی کچھ نئیں ہوگا۔"

"حالت گمبھیر ہے سردارے۔"

"واہے گرو کی قسم، اگر ایسی نوبت آئی تو کیا تم لوگ۔۔؟"

"ہم لوگ تمھارے ساتھ ہیں سردارے۔"

"بس ہو گیا ہمارا کام۔"

پریتم سنگھ مطمئن تھے۔ وہاں سے لوٹ کر گھر آئے تو بے چینی سے ٹہلتے ہوئے جندو میاں، لطیفے اور پیرو میاں موجود تھے۔ سردارے کو دیکھ کر آس بندھی۔

"تم لوگ اطمینان رکھو۔" سردار جی نے کہا۔

"اطمینان ہے کہاں، سردارے؟" پیرو میاں کی آنکھوں سے ٹپ سے ایک قطرہ لہو ٹپکا۔ "گھر پر بیوی ہے، بچیاں ہیں اور باہر آگ لگی ہے۔ مسلمان، ہندو مر کٹ رہے ہیں۔ بھائی بھائی ایک دوسرے کے جانی دشمن بنے ہیں سردارے، یہی آزادی۔۔۔؟"

پریتم سنگھ نے پیرو میاں کے ہونٹوں پر ہاتھ رکھ دیا۔ "آزادی کے بارے میں کچھ مت

بولنا۔ یہ تو فرنگی سیاست کی بچھی ہوئی آتش بازی ہے، پگلے۔ اسے تو ان کے جاتے ہی چھوٹنا تھا اور یہ چھوٹ رہی ہے۔ بس کچھ دنوں کی بات ہے۔"

"کچھ دنوں کی ـــــــ جب سارے مسلمان یا تو مارے جائیں گے یا پھر پاکستان۔۔۔"

لطیف میاں بولتے بولتے رُک گئے۔

پریتم سنگھ نے ایک بار پھر ٹھنڈی سانس بھری "واہے گرو کی قسم، میں تمہیں یقین دلاتا ہوں، کچھ نہیں ہونے گا۔ تمہارا اسی وقت بگڑے گا جب وہ ہماری لاشوں سے ہو کر۔۔۔"

"نہیں سردارے" یہ چندو میاں کی آواز کانپی "بڑے وقت میں ایسا کچھ مت بول۔ میرا تو جی ڈرتا ہے، سردارے۔ آج ہی تجارت کے کام سے باہر جا رہا ہوں۔ ہفتہ دس دن تو لگ ہی جائیں گے۔ مگر سلمہ اور بچّے اکیلے رہیں گے۔ سردارے بس تمہارے ہی آسرے چھوڑے جا رہے ہیں انھیں۔"

"کیا جانا بہت ضروری ہے؟" پریتم سنگھ نے پلٹ کر چندو میاں کی طرف دیکھا۔

"ہاں سردارے، تجارت ہے ہی ایسی چیز۔ نہ جاؤ تو بہت نقصان ہو جائے گا۔"

"باہر آگ لگی ہے چندو میاں۔ اپنی بیا بتا اور چھوٹے چھوٹے بچّوں سے زیادہ تم کو اپنے نقصان کی پڑی ہے؟"

"اللہ مہربان ہے سردارے۔ اس سے آگے کچھ مت بولنا۔ ورنہ دو قدم بھی آگے نہیں چل پاؤں گا۔"

"جا۔ واہے گرو سب ٹھیک کرے گا ـــــــ جاؤ، تم لوگ سب اپنے اپنے گھر جاؤ۔"

سب اپنے اپنے گھر چلے گئے، لیکن پریتم سنگھ کو پھر بھی اطمینان نہیں ہوا۔ خبر خبر لینے کے لئے بستی کے کئی چکّر لگا ڈالے۔ ہر پل ان کا اندیشہ خوف میں بدلتا جا رہا تھا۔ حالت ٹھیک نہیں ہے۔ بستی کے لوگ ان تین گھروں کو ختم کرنے کے لئے سلگ رہے تھے۔ شام گئے ہر دیال نے آکر خبر دی "سردارے، حالت گمبھیر ہے۔ لکھی پورا میں مسلمانوں نے کافی مار کاٹ کی ہے۔ ہندوؤں کے گھر جلا دیئے ہیں۔ عورتوں کو بے آبرو کیا ہے۔ یہاں کے لوگ بھی ایسا ہی کرنے کے بارے میں سوچ رہے ہیں۔ ہو سکتا ہے رات کے وقت۔۔۔"

پریتم نے سنگھ نے سسکی بھری۔ کچھ نوجوان سکھوں کو جمع کیا۔ پھر حکم ہوا، "جاؤ، چندو میاں

کی گھروالی اور بچوں کو حفاظت سے یہاں لے آؤ۔ گلی کے راستے، لطیفے اور پیٹرو کو بھی گھر کے تمام ضروری سامان کے ساتھ یہاں بھیج دو۔"

اُس رات واقعی ایک قیامت گزر گئی، جب غصے میں بپھرے ہوئے اہیروں کے پُتروں نے ٹولی بنا کر راستہ روکے ہوئے سکھوں کو ہٹ جانے کو کہا۔ سردارے کا چٹان جیسا جسم سامنے آ گیا۔

پُترا مارنا ہے تو پہلے ہمیں مار۔ اس کے بعد اندر سے زنانیوں کو کھینچ کر اپنی بزدلی دِکھانا اور اپنی قوم کا نام۔۔۔"

"سردارے، وہ دشمن ہیں، غدار ہیں، ہمیں پورا ہیں۔۔۔"

"کچھ لوگ اگر بھٹک جائیں تو پوری قوم کو قصوروار نہیں ٹھیرایا جا سکتا، پُترا۔ یہ سب اپنے ہی بھائی لوگاں ہیں۔ برسوں سے ساتھ ساتھ رہتے آئے ہیں۔ دُکھ سُکھ، رب تیوہار کے موقعوں پر۔۔۔"

سردارے! راستے سے ہٹ جاؤ!"

اور پتھر جیسا سینہ اُس وقت بھی سامنے اَڑ رہا۔ "پہلے ہمیں مار ڈالو پُترا۔ اس کے بعد جتنا خون بہانا ہے، بہا لو۔"

غصے میں بپھرے ہوئے گھر لوٹ تو گئے۔ لیکن پریتم سنگھ سمجھ گئے تھے کہ چنگاری ان کے سینوں میں بھڑک رہی ہوگی۔ وہ کسی وقت بھی حملہ کر سکتے ہیں۔ جیسے تیسے رات کٹی۔ پھر ہلکی ہلکی صبح نمودار ہوئی اور دھوپ کی روشنی چاروں طرف پھیل گئی۔ سردارے بار بار دالان میں جا کر تسلیاں دیتا رہا۔ "مہاجرو، اپنے ہی وطن میں غیروں جیسا سلوک ہو تو آزادی کے نام پر یہ بھی سہہ لو۔ کچھ نئی ہوئے گا۔ اسے اپنا ہی گھر سمجھو ———" سردارنی اور پریتم سنگھ کے تینوں بچے اور لڑکی بنتو ان کی خاطر مدارات میں لگے رہے، لیکن آگ بجھی نہیں۔ دو چار روز اور گزرے۔ اُس دن ہر دیال پھر خبر لایا۔ "سردارے، معاملہ پھر بگڑ رہا ہے۔ کہتے ہیں پڑوس والی نند نگری بستی سے ہندو جلائے جا رہے ہیں۔ اب خیر نہیں، سردارے۔ ابھی وقت ہے، جتنی جلدی ہو سکے، انھیں بھگا دو۔"

"بھگا دوں؟" پریتم سنگھ کے دل پر جیسے بجلی ٹوٹ کر گر پڑی ہو۔ مگر کہاں؟ کیسے؟ کیا

سوچیں گے یہ بھی کہ سردارے دو روز کھانا بھی ٹھیک طرح نہیں کھلا سکا۔ یہ میرے مہمان ہیں ہردیال۔ اور تم کہتے ہو...؟

"سردارے، اگر ان کی جان کی سلامتی چاہتے ہو تو...؟"

"کون جائے گا انھیں پہنچانے؟"

"ہم سب۔ ہم انھیں ندی پار کرا کے لکھی پور ابستی تک چھوڑ آئیں گے۔"

"ٹھیک ہے۔ جب تم لوگ ایسا سوچتے ہو تو..."

تھکے ہارے، بوجھل سا دل لئے پریتم سنگھ دالان میں آئے۔ مجرم جیسے۔ چہرے پر تشویش کے بادل دیکھ کر لطیفن اور بیرو کی سانس ٹھہر گئی۔

"خیر تو ہے سردارے؟"

"نہیں۔" پریتم سنگھ نے سر جھکا لیا۔ "تم سب کو یہاں سے جانا ہوگا۔" آواز ایسی تھی جیسے اب رو پڑیں گے۔ لیکن گھبراؤ نہیں۔ ہمارے آدمی تمھیں لکھی پور حفاظت سے پہنچوا دیں گے۔"

لطیف میاں اور بیرو میاں کے چہرے پر برفاق ہوا جیسے اپنی نشانی چھوڑ گئی۔

"مگر میں نہیں جاؤں گی۔" کمرے کے کونے سے ایک تیز آواز ابھری۔ پریتم سنگھ نے پلٹ کر دیکھا۔ یہ چندو میاں کی بیاہتا تھی۔ سینے سے دونوں بچوں کو چمٹائے۔ "میں نہیں جاؤں گی۔ میرے میاں باہر ہیں۔ مروں گی تو یہیں بچوں کے ساتھ۔"

آنکھوں میں آنسوؤں کے خشک سوتے لئے پریتم سنگھ نے چندو میاں کی بیاہتا کو غور سے دیکھا۔ پھر پتہ نہیں کیا سوچ کر حامی بھر لی۔ "ٹھیک ہے بہن۔ واہے گرو تیری مدد کرے۔ ترماں والیا، بختاں والیاں تیری گود بھرے۔ تو نہیں جانے کی، مگر یہ دونوں... پھر گلوگیر آواز میں کہا "سامان باندھ لو، میاں۔ آزادی نے نصیب میں اگر ہجرت ہی ہجرت لکھی ہے تو پھر..."

لطیفن کی تو سسکیاں گونج گئیں۔ بیرو کی بھی آنکھیں بھر آئیں۔ گھر والی بچے سمیت الگ بڑے وقت کو کوس رہی تھی۔ پھر سامان بندھ گئے۔ آدھی رات گزری۔ سردارے نے چند سکھوں کو ساتھ کر دیا۔ وہ جا رہے تھے اور سردارے صرف ان ماتمی دھنوں کی گونج سن رہے

تھے جو فضا میں پھیل رہی تھیں۔

دوسرے دن سورج نکلتے تک یہ خبر اہیر بمرادری میں پھیل گئی کہ سردارے نے غداری کا ایک اور ثبوت دے دیا۔ اس نے دشمنوں کو بھگا دیا۔ پھر یہ بات بھی جنگل کی آگ کی طرح پھیل گئی کہ سردارے نے چندو میاں کی بیاہتا کو اب بھی اپنے گھر پناہ دے رکھی ہے۔ پھر کیا تھا آگ ایک بار پھر بھڑک اٹھی۔ سردارے ایک بار پھر چندو میاں کی بیاہتا کے سامنے مجرم بنے کھڑے تھے۔

"بہن، مذمت کر۔ تمہیں جانا ہی ہوگا۔ آگ اس گھر تک پہنچ چکی ہے۔ بہن، تیرے بھائی تیرے ساتھ ساتھ جائیں گے۔

چندو میاں کی بیاہتا جیسے سکرات کے عالم میں کھڑی تھی۔ مگر کہاں جاؤں؟ میں کسی کو پہچانتی بھی تو نہیں۔ پھر عورت ذات۔"

بچّے اس کے سینے سے چپکے رو رہے تھے۔ سردارے کی رُوح میں کتنے ہی نشتر اُتر گئے۔ پھر کہاں بھیجیں؟ کہاں؟ آنکھیں بند کیں تو خان بہادر کا خیال آگیا، جو اُس وقت پولیس میں کسی بڑے عہدے پر تھے۔ ان کے گہرے دوست۔

"تو گھبرا نہیں بہن۔ میں تجھے شہر بھیجنے کا انتظام کرتا ہوں۔ وہاں میرے ایک دوست ہیں، وہ کوئی نہ کوئی راستہ ضرور نکال لیں گے۔"

وہ رات بھی سردارے کے لئے قیامت کی ہی رات تھی۔ روتی آنکھوں سے سردارے نے چندو میاں کی بیاہتا کو روانہ کیا۔ بچّے کے تین سکھ نوجوان ساتھ تھے۔ خان بہادر کے نام ایک چھٹی بھی دی تھی۔ چھٹی میں دونوں قیامتوں کا پورا پورا ذکر تھا۔ تیسرے روز وہ تینوں سکھ نوجوان آگئے۔ خبر لائے کہ خان بہادر نے روک لیا تھا، حفاظت کے خیال سے۔ بہن خیر خوبی سے پہنچ گئی۔ سردارے نے چین کی سانس لی۔ اس کے بعد صرف ایک حادثہ ہوا۔ غصے میں آئے ہوئے لوگوں۔ نے تینوں مسلمانوں کے گھر پھونک ڈالے اور انتقام کی آخری مشعل بجھا دی۔

پھر وقت گزرا اور آگ دھیرے دھیرے بجھنے لگی۔ اِکا دُکا لوگ اب بھی پاکستان جا رہے تھے۔ دنگوں کی خبریں آئی کم ہو گئی تھیں۔ لطیفے اور پیرو میاں کے بارے میں یہ خبر اُڑی تھی کہ وہ

وہ کسی کیمپ میں ہیں اور پاکستان جانے کی تیاری کر رہے ہیں۔ اِدھر مصیبت کے مارے چندو میاں اپنی بیاہتا اور بچّوں کی خبر لینے روتے دھوتے سردارے کے یہاں پہنچے۔ سردارے نے اطمینان دلایا اور خان بہادر کے یہاں بھیج دیا۔

پھر ایک دن چندو میاں خوش خوش پورے خاندان کے ساتھ صحیح سلامت چوتڑا بستی پہنچ گئے۔ گھر جلنے کی خبر انھیں مل چکی تھی۔ کچھ بھی بچا نہیں تھا۔ بس لے دے کر سردارے کا آسرا تھا۔

"سردارے!"

پریتم نے گلے لگا لیا "پتر! رب دا شکر کر۔ سب سلامت ہے۔"

"ہاں سردارے۔ سب تیری مہربانی۔"

پریتم سنگھ نے پھر اُسے بیچ میں روک دیا: "غلط بات۔ سب رب کی مہربانی ہے۔ ویسے اب کیا ارادہ ہے بادشاہو؟ سب تو پاکستان چلے گئے۔"

"ہم یہیں رہیں گے سردارے۔ یہیں اسی مٹّی میں۔"

"سوچ لیا ہے؟ یہاں تمھاری قوم کا کوئی آدمی نہیں۔"

"اور آپ لوگ؟" چندو میاں کی آواز کانپ رہی تھی۔

"یہ بات ہے تو لے۔ تیرا گھر آج سے ہی بننا شروع ہوگا۔"

سردارے نے محبّت کے جوش میں چندو میاں کو لپٹا لیا۔ پھر کیا تھا، بستی میں جیسے تیوہار کی دُھوم تھی۔ کوئی پھاوڑا لے کر صفائی میں لگا تھا تو کوئی ٹرک میں مٹّی پھینک رہا تھا۔ مزدور بُلا لئے گئے۔ "ہیّا ہو یا۔ ہیّا ہو یا" کام تیزی سے شروع ہوا۔ دل کے سارے غبار ایک طرف رکھ کر پوری بستی جیسے اس کام میں جُٹ گئی تھی اور کچھ دن میں چندو میاں کا نیا مکان آباد تھا۔

پھر دن گذرتے چلے گئے اور وقت نے ایک لمبی اُڑان بھرلی۔ ہردیال سنگھ اور دیگر لوگ پُرانے کاروبار کے جاں باز سپاہی آہستہ آہستہ رخصت ہوتے چلے گئے۔ نئی نسل جوان ہوگئی۔ آزادی کے کتنے برس گزر گئے۔ پچاس ہا دن گھروں کی یہ بستی اب سو سے زیادہ گھروں

پر مشتمل تھی۔ پریتم سنگھ نے اپنی بیٹی بنتو کی شادی امرتسر کے ایک کپڑے کے بیوپاری سکھ نوجوان سے کردی تھی۔ وہ وہیں بس گئی۔ لڑکے شہر میں رہ کر کپڑوں کی تجارت کرتے تھے۔ مکان یہاں آباد تھے۔ سردارے بھی بوڑھے ہوگئے تھے۔ چندو میاں کے دونوں بیٹے جوان ہوگئے تھے۔ شہر میں کماتے تھے۔ پھر وقت کے ساتھ چندو میاں بھی رخصت ہوگئے اور پھر قصے رہ گئے۔ اتنا بس رہ گیا کہ جونڑا بستی میں کبھی ایسی قیامت گزری تھی اور سردارے نے اکیلے جان پر کھیل کر اس بستی کو قیامت کی نذر ہونے سے رکا تھا۔ اب سکھوں کے کتنے ہی پکے گھر یہاں تعمیر ہوچکے تھے۔ کچھ لوگ تو اپنے مکان بیچ کر ہمیشہ کے لئے شہر چلے گئے تھے۔ یہاں کی پکی سڑک سیدھی شہر سے جا ملتی تھی۔ کسی نے سوچا بھی نہیں تھا کہ ۱۹۴۷ء میں جو قیامت اس گاؤں میں گزری تھی، وہی تاریخ روپ بدل کر ایک بار پھر دُہرائی جائے گی۔

اور یہ بات ۱۹۸۴ء کے خونی نومبر کی ہے جب پورے ملک میں سکھوں کا قتلِ عام شروع ہوگیا تھا۔

میں اس واقعہ سے کہیں جڑا ہوں۔ چندو میاں میرے دادا تھے ——— دادا جو اس بستی کے لئے اب ایک تاریخ بن گئے ہیں۔ لوگ حیرت سے بتایا کرتے ہیں کہ کیسے دادا نے اکیلے مسلمان ہو کر بستی میں رہنا منظور کیا تھا۔ وہ بھی اس وقت جب ہر طرف شعلے اٹھ رہے تھے۔ اب اس بستی میں مسلمانوں کے کتنے گھر آباد ہیں۔ لیکن دادا کے قصے آج بھی عام ہیں۔ پریتم سنگھ اب سردارے ہیں، صرف سردارے، جن کے ہونٹوں پر قصے سجے ہوتے ہیں۔ ماضی کے، آزادی کے، جونڑا بستی میں آئی ہوئی قیامت کے۔

پھر آیا خونی نومبر ——— اس خونی نومبر سے پہلے بھی سردارے سے ملنے کا کئی بار اتفاق ہوا۔ ہر بار ایسا لگا جیسے امرت سر کے گولڈن ٹیمپل سے نہیں، سردارے کی آنکھوں سے گولیاں چھوٹ رہی ہیں۔ لہو لہان سے نظر آئے تھے سردارے ——— شہادت کی تاریخ لکھنے والے اب غدار ہوگئے پُتر۔“ آنکھوں سے چنگاریاں سی چھوٹیں... ”مجھے لگتا ہے“ پھر ٹھہرے تھے ”مجھے لگتا ہے پُتر، کوئی چپکے چپکے میرے دل پر سیندھ لگا رہا ہے ——— کون؟

وہی میرے اپنے یہ سردارے کی آنکھوں کو پوری صدی ڈس گئی ہے۔ خونی نومبر نے چاروں طرف سکھوں کا قتلِ عام شروع کرادیا۔ ہوتے ہوتے آگ ایک بار پھر چونڑا بستی پہنچ گئی۔ سردارے کے لئے بھی اب بستی والوں کی عقیدت سونے لگی تھی۔ پھر وہ دن آگیا جب بابا نے سویرے ہی مجھے اُٹھا ڈالا تھا۔ ’سردارے کے یہاں چلنا ہے۔‘

”خیریت؟“

”خیریت نہیں ہے۔ یہاں کے لوگ بھڑکے ہوئے ہیں۔ مشورہ کرنا ہے۔“

سردارے بستر پر تھکے سے پڑے تھے۔ کتنی لمبی جنگ لڑی ہے زندگی سے۔ اب تھکنے لگے ہیں۔ لیکن ہونٹوں پر وہی مسکراہٹ جمی ہے۔

”بات کیا ہے حنیف میاں؟“

”بُری خبر ہے، سردارے۔“

”لوگ ہمارا قتل ہی تو چاہتے ہیں نا۔“

سردارے کے ہونٹوں پر ویسی ہی معنی خیز ہنسی جگی تھی۔ چونڑا بستی میں اب بیس بائیس گھر تھے سرداروں کے۔ ایک سو بیس پچیس گھروں والی یہ بستی جیسے بارود کے ڈھیر پر کھڑی تھی۔ لوگ بھڑکے ہوئے تھے ـــــ پھر دُھواں سا آسمان میں اٹھا اور پوری بستی دُھوئیں سے بھر گئی۔ پولیس جیپ آگئی۔ کرفیو نافذ ہوگیا۔ چونڑا بستی میں موت ایسا سناٹا پھیل گیا۔

اُس دن بستی میں پندرہ سکھ نوجوانوں کی ہتیا ہوئی تھی۔ آٹھ گھر جلادیئے گئے تھے۔

سردارے کا گھر اندھیرے سناٹے میں ڈوبا ہوا تھا۔ اندر سے بند۔ کوئی آہٹ نہیں۔

رات گئے چور قدموں سے بابا کے ساتھ سردارے کے پر دستک ہوئی۔

”کون؟“ اندر سے سہمی ہوئی آواز آئی۔

”سردارے۔“

”دروازہ کھول دے پتر۔“

ایک نوجوان سکھ نے دروازہ کھول دیا۔ وہ سردارے کا پوتا تھا، امریک سنگھ۔ الجھنوں کی گرد چہرے پر جمی ہوئی۔

"اتنی رات گئے، بات کیا ہے حنیف میاں؟"

"سردارے ہم شرمندہ ہیں۔ ہونی کو کوئی نہیں ٹال سکا ہے۔ بستی میں دُھواں اُٹھ رہا۔"

"نہیں پُتر، میں نے تو سہن کر لیا ہے۔ آزادی کی دوسری سوغات سمجھ کر ـــــ کل مسلم غدار تھے اور سکھ ـــــ واہے گرو کی قسم، سچ بولوں حنیفے، یہ دل ٹکڑے ٹکڑے ہو گیا ہے۔"

"سردارے ایک بات کہنی ہے آپ سے۔"

بابا نے ڈرتے ڈرتے زبان کھولی ـــــ "یہاں بہت سے نوجوان تیار ہیں۔ سردارے آپ لوگوں کو یہاں سے ہجرت کرنی ہو گی۔ معاملہ نازک ہے، سردارے۔ آپ جہاں کہیں ہم آپ کو بحفاظت پہنچا دیں گے۔"

سردارے کی آنکھوں سے اچانک لہو بہہ گیا ۔۔۔ "پُتر، ہجرت کی بات تیری زبان پر آئی کیسے؟ تو کیا جانے ہجرت کا زخم؟ تیرا باپ چندو ہوتا تو یہ لفظ نہیں بولتا۔ وہ ہجرت کا زخم جانتا تھا۔ اسی لئے اکیلا رہ گیا، مگر پاکستان نہیں گیا۔ تو مجھے پنجاب بھیجے گا نا؟ اپنے لوگوں کے پاس؟ ارے یہاں کون غیر ہے اپنا؟"

آواز میں پھر وہی لچک، وہی جوش، جو کھوئی ہوئی آزادی کے برسوں بعد جو الا مکھی بن کر سردارے کی آواز میں سما گئے تھے۔

بابا نے پھر التجا کی "سردارے، ضد نہ کیجئے۔ زمانہ بدلا ہے۔ لوگ آپ کی ۔۔۔"

"میری جان لینا چاہتے ہیں نا؟"

سردارے اچانک بوڑھے پیکر کو سمیٹ کر اُٹھ گیا ہے۔ آواز میں لرزہ نمایاں ہے۔

"تو لے چلو نا باہر۔ پُتر، دیر کس بات کی ہے؟ پہلے بولا ہوتا۔ مجھے مار کر انھیں چین ملتا ہے تو۔۔"

گھٹی ہوئی آواز میں اچانک سردارے چیخ پڑے۔ پوتے پوتیوں کو صدا لگائی "دستی دروازہ کھول دو۔ بند کیوں کر رکھا ہے دروازہ؟ کھول دو۔ آنے دو انھیں ـــــ سارے دروازے کھول دو۔"

سردارے چیخ رہے تھے۔

وہ قیامت کی رات گزر گئی۔ اُس رات بس اتنا ہوا کہ ایک بوڑھا غم دروازے پر کھڑا چیخ رہا تھا اور سناٹے میں آئے ہوئے بستی کے لوگ شرمسار کھڑے تھے۔ پھر جیسے آئے تھے ویسے ہی اپنے اپنے گھروں کو لوٹ گئے۔

نومبر کے اس خونی رقص کو بھی اب چار سال گذر گئے ہیں۔ دل کے کسی گوشے میں اب بھی وہی آواز گونجتی رہی "ہم کو ہجرت نہیں کرنی۔ یہ تو ٹھان لی ہے۔ مہاجر ہونے کا زخم نہیں کھانا۔ کل تک جو اپنے بھائیوں کو ہجرت کرنے سے روکتا رہا تھا، آج خود ہی ہجرت کا بار اُٹھائے گا۔ یہ سب آزادی کی سوغاتیں ہیں پُتر۔" آزادی کو پورے اکتالیس سال گزر گئے ہیں۔ اتنے برسوں بعد تاریخ کے اس بھیانک زخم کو یاد کرتے ہو کچھ عجیب سا لگتا ہے۔ لیکن سردارے کی ارتھی کو کندھا دے کر لوٹتے ہوئے اس کے سُونے دروازے کے پاس سے گذرتے ہوئے ایک برقی جھٹکا سا لگا تھا۔ بار بار اس سُونے دروازے تک جا کر نگاہیں ٹھہر جاتی ہیں۔ برف کی طرح سرد آواز میرے راستے میں بچھ جاتی ہے "ہم نے ٹھان لی ہے، ہم کو ہجرت نہیں کرنی۔ سارے دروازے کھول دو پُتر ——"

سردارے نہیں رہے۔ آزادی کی دی ہوئی سوغاتیں اتنی وزنی ہوگئیں کہ ان کا بار نہیں اُٹھا سکے سردارے۔ سو گئے ہمیشہ ہمیشہ کے لئے۔

سردارے کی موت کا پوری بستی نے غم منایا تھا۔ ساری آنکھیں جل تھل تھیں۔ پُرانی کہانیاں دُہرائی جا رہی تھیں۔ اس بیچ صرف اتنا ہوا کہ بستی کے کباڑی میدان کو پارک میں بدلنے کی بات اٹھی۔ لیکن پارک بنتے بنتے رہ گیا۔ نیت میں کھوٹ کی وجہ سے۔ سردارے کی موت کو کیش کرانے والے سیاسی مہرے آپس میں ہی لڑ پڑے اور پارک نہیں بن سکا۔

اُس دن امریک میرے پاس آیا تھا "کیوں نہ پارک خود کو مل کر بنا دیں۔ یوں بھی جب جب پارک میں سب لوگ مل بیٹھیں گے اور اچھی اچھی باتیں ہوں گی تو سردارے کی روح کتنی خوش ہوگی۔ یہی تو چاہتے تھے۔"

"مگر کیسے؟"

"جیسے چندو میاں کا مکان بنا تھا۔ تمھیں یاد ہے نا؟"

امریک کی بات نے اچانک اُس سوئے قصّے کی یاد دلا دی ہے۔ اب صرف ایک منظر سامنے ہے ——— ایک گرا ہوا گھر، اور ساری بستی والے اُس گھر کی مرمّت کر رہے ہیں۔ یہ منظر دیکھا تو نہیں، لیکن زبانی سُن سُن کر پُورا منظر آنکھوں میں اُتر آیا ہے۔

ہیّا ہو یا ——— ہیّا ہو یا ——— ہیّا . . .

مکان کی بنیاد پڑ رہی ہے۔ نہیں پارک کی۔ امریک کے کندھے پر ہاتھ رکھتے ہوئے میں دھیرے سے کہتا ہوں: ہیّا ہو یا ——— ہیّا ہو . . .

شمع، دسمبر ۱۹۸۸ء ◆◆